KB065385

뜨거운 피

뜨거운 피

이렌 네미롭스키 지음

이상해 옮김

일러두기

- 각주는 옮긴이가 작성하였습니다.
- Gallimard 출판사에서 2008년 출간한 판본을 기준으로 번역했습니다.
- 원서를 참고하여 장과 문단을 나누었습니다.

차례

1

우리는 내가 젊었던 시절에 유행한 가벼운 펀치[1]를
마셨다. 나와 사촌지간인 에라르 부부와 그 아이들, 그
리고 나는 불 앞에 모여 앉아 있었다. 비에 젖은 밭들
위로 하늘이 온통 붉게 물든 어느 가을날 저녁이었다.
시뻘겋게 타오르는 석양이 다음날 강풍이 불 것을 예
고했다. 까마귀들이 하늘을 맴돌며 깍깍 울어댔다. 얼
핏 생과일 향이 묻어나는 계절 특유의 떫은 냄새를 품
은 외풍이 사방에서 꽁꽁 얼어붙은 썰렁한 집 안으로
들이쳤다. 내 사촌 엘렌과 그녀의 딸 콜레트는 내가 가
져다준 내 어머니의 캐시미어 숄을 둘렀는데도 온몸을
오들오들 떨어댔다. 그들은 내 집을 방문할 때마다 이
런 쥐구멍 같은 곳에서 어떻게 사느냐고 물었고, 결혼
을 앞둔 콜레트는 결혼 후에 살게 될 물랭뇌프의 매력
을 뽐내면서 "거기서 자주 뵀으면 좋겠어요, 실비오 아

---

1 럼주에 레몬이나 향신료를 넣어 향을 낸 음료.

저씨"라고 말했다. 콜레트는 연민 어린 표정으로 나를 지그시 쳐다보았다. 나는 늙고 가난한 데다, 홀아비다. 그래서 숲 깊은 곳의 허름한 집에 은둔하고 있다. 사람들은 내가 여행을 다니며 유산을 탕진했다는 사실을 알고 있다. 탕아였던 내가 고향 마을로 돌아왔을 때, 통통하게 살이 올랐던 송아지도 오랜 세월 헛되이 나를 기다리다가 늙어 죽고 말았다. 에라르 부부는 속으로 자신들의 팔자가 내 팔자보다 훨씬 낫다는 생각이 들었는지 내가 그들에게 빌리고 갚지 않은 돈에 대해서는 입도 벙긋하지 않았다. 그들은 콜레트를 따라 이렇게 말했다.

"가엾은 사촌, 사람들을 피해 이곳에 은둔해 사는 게 참 보기 딱하네요. 콜레트가 물랭뇌프에 자리를 잡으면 거기 함께 머물면서 아름다운 계절을 보내요."

그들은 짐작조차 못 하지만, 나에게도 좋은 순간들이 있다. 혼자 그럭저럭 살고 있고, 첫눈이 내렸으니까. 프랑스 한가운데 위치한 이 고장의 사람들은 비사교적인 동시에 형편이 넉넉하다. 각자 자기 집, 자기 땅에서 살아가고, 이웃을 경계하고, 밀을 수확하고, 돈을 셀 뿐 그 나머지에 대해서는 상관하지 않는다. 귀족의 성채도 없고, 방문객도 없다. 아직은 무지렁이 농부들과 크게 다를 바 없지만, 이제 그 계층에서 막 벗어나 자손을 퍼뜨리고 지상의 모든 부를 꿈꾸는 부르주아들이 이곳을 지배한다. 우리 집안사람들은 에라르, 샤플랭, 브누아, 몽트리포라는 성씨를 가지고 이 고장에 널리 퍼져 있다. 그들은 큰 농장을 운영하거나, 공증인이나 공무원으로 일하거나, 땅을 소유하고 있다. 읍내에서 멀찍이 떨어진 곳에 외따로 지어진 그들의 부유한 집은 감옥 문처럼 빗장이 세 개나 질러진 커다란 문이 무뚝뚝한 표정으로 지키고 있다. 집 앞에 펼쳐진 평평한 정원에서는 꽃은 구경하기 어렵고 더 많은 수확을 얻기 위해 가지를 치고 지지대로 받쳐준 과실수와 채소만 자라고 있다. 그들의 거실은 온갖 가구로 가득하고 늘 잠겨 있다. 그들은 땔감을 아끼기 위해 주로 부엌에서 생활한다. 물론 프랑수아와 엘렌 부부가 그렇다는 말은 아니다. 나는 그들의 집보다 더 안락하고 호의적인 거처를, 더 내밀하고 정겹고 따뜻한 가정을 알지 못한다. 어쨌거나 나에게는 이런 날의 저녁만큼 좋은 게 없다. 고독은 완전하다. 읍내에 사는 내 하녀는 방금 암탉들을 우리에 가두고 자기 집으로 돌아갔다. 길 저만치에서 그녀의 나막신 소리가 들려온다. 나에게는 파이프 담배, 다리 사이로 기어드는 강아지, 다락방에서 들려오는 생쥐 소리, 씩씩거리며 타는 불, 장작 받침쇠 옆에서 천천히 데워지는 보졸레산産 포도주 한 병이면 족하다. 신문도 책도 필요 없다.

"사람들이 왜 아저씨를 실비오라고 불러요?" 콜레트가 묻는다.

나는 대답한다.

"그러니까 삼십 년 전쯤, 나를 사랑한 아리따운 아가씨가 있었지. 그녀는 당시 머리카락이 까만 데다 끝이 살짝 말려 올라간 콧수염을 기른 내가 곤돌라 사공을 닮았다고 생각했는지 내 이름 실베스트르를 그렇게 바꿔 불렀단다."

"아니에요, 넓은 이마와 들창코, 뾰족한 귀와 늘 웃

는 눈, 아저씨는 오히려 목신牧神을 닮았어요. 숲의 남자라는 뜻의 실베스트르가 아저씨한테 훨씬 더 잘 어울려요."

콜레트는 엘렌의 자식 중에 내가 가장 아끼는 아이다. 크게 예쁘지는 않지만, 내가 젊은 시절에 여자들에게서 무엇보다 높이 평가했던 불꽃의 뜨거움을 품고 있다. 그녀 역시 웃는 눈과 큰 입을 갖고 있다. 목덜미에서 외풍의 찬 기운이 느껴진다면서 그녀가 머리에 뒤집어쓴 숄 아래로 검고 가벼운 머리카락이 작은 컬을 이루며 삐져나와 있다. 그녀가 젊은 시절의 엘렌을 닮았다고들 하지만, 나는 잘 기억이 나지 않는다. 엘렌은 벌써 아홉 살이 된 막내 룰루를 낳은 이후로 체중이 많이 불었다. 피부가 아직 부드럽긴 해도 생기를 많이 잃은 마흔여덟 살의 중년 부인이 내 기억 속에 남은 스무 살 시절의 엘렌을 가려버린다. 엘렌은 이제 평온하게 행복을 누리는 인자한 부인의 풍모를 풍긴다. 그들이 그날 저녁 내 집을 방문한 것은 공식적인 일 때문이었다. 그들은 나에게 콜레트의 약혼자를 소개했다. 대대로 풍차 방앗간을 지켜온 물랭뇌프 도랭 집안의 장 도랭이라는 청년이었다. 그 방앗간 바로 아래로 거품이 이는 녹색의 아름다운 강이 흐른다. 도랭 영감이 살아 있을 때는 나도 종종 그곳으로 송어 낚시를 하러 가곤 했다.

"앞으로는 네가 우리에게 맛있는 생선 요리를 해주겠구나, 콜레트." 내가 말했다.

프랑수아가 내 펀치를 사양한다. 그는 물밖에 마시지 않는다. 그가 희끗희끗하게 변한 뾰족하고 가느다란 턱수염을 손으로 부드럽게 쓰다듬는다.

"프랑수아, 당신은 세상을 떠나도, 아니, 내 경우처럼 세상이 당신을 떠나도 아쉬울 게 없겠어요……."

내가 가끔 파도가 높이 이는 바다에서 내쳐졌던 것처럼 삶에서도 내쳐졌다는 느낌을 받기에 한 말이었다. 나는 아직은 쓸 만해도 물에 젖어 색이 바래고 소금에 갉아 먹힌 낡은 배가 되어 슬픈 해안으로 떠밀려 왔다.

"당신은 아쉬울 게 없겠어요. 술도, 사냥도, 여자도 좋아하지 않으니까."

"내 아내 엘렌만은 아쉬울 거예요." 프랑수아가 웃으며 대답했다.

바로 그때, 엘렌 곁에 앉아 있던 콜레트가 그녀에게 물었다.

"엄마, 아빠와 결혼했을 때 어땠는지 얘기해 줘요. 한 번도 그 얘길 해준 적이 없잖아요. 왜죠? 소설 같은 이야기였고, 두 분이 아주 오래전부터 서로 사랑하셨다는 건 나도 알아요……. 그런데 엄마는 그 얘길 나한테는 한 번도 안 해주셨어요. 왜죠?"

"왜긴, 네가 안 물어봤으니까 그렇지."

"그래서 지금 묻고 있잖아요."

엘렌이 빙긋이 웃으며 답을 피하다가 말했다.

"그건 너랑은 상관없는 일이야."

"민망해서 말하고 싶지 않은 거군요. 실비오 아저씨는 모두 알고 있을 테니 아저씨 때문은 아니겠고……. 장이 있어서 그러세요? 하지만 조금 있으면 사위가 되잖아요, 엄마. 장도 나처럼 엄마에 대해 잘 알아야 해요. 난 엄마와 아빠처럼 그와 금슬 좋게 살고 싶어요. 난 두 분이 한 번도 다툰 적이 없을 거라고 확신해요."

"장이 아니라, 저 다 큰 바보들 때문이란다." 엘렌이 웃으며 두 아들을 가리켰다.

두 아들은 바닥 타일 위에 퍼질러 앉아 주머니에 가득 든 솔방울을 하나씩 꺼내 불 속에 던져 넣고 있었다. 솔방울은 불 속에서 밝고 명료한 소리를 내며 터졌다. 각각 열다섯 살과 열세 살인 조르주와 앙리가 대답했다.

"우리 때문이라면 신경 쓰지 말고 얘기하세요. 우린 두 분의 사랑 이야기에는 관심 없으니까요." 조르주가 코웃음을 치며 변성기에 접어든 목소리로 말했다.

막내 룰루는 이미 오래전부터 자고 있었다.

하지만 엘렌은 고개를 저을 뿐 좀처럼 입을 열려고 하지 않았다.

콜레트의 약혼자가 머뭇거리며 끼어들었다.

"두 분은 모범적인 가정을 꾸리고 계세요. 저 역시…… 언젠가…… 우리가……."

장 도랭은 말을 더듬었다. 그는 착한 청년 같았다. 야위고 부드러운 얼굴과 불안에 떠는 산토끼처럼 아름다운 눈을 갖고 있었다. 신기하게도 엘렌과 콜레트 모녀는 같은 성격을 가진 남자를 신랑감으로 택했다. 예민하고 섬세하며 거의 여성적이고 지배하기 쉬운, 동시에 조심스럽고 비사교적이며 수줍음을 타기까지 하는 남자를. 맙소사! 나는 전혀 그렇질 않았다! 그들과 약간 떨어져 앉은 나는 그들 일곱 모두를 하나씩 찬찬히 둘러보았다. 우리는 내 집에서 부엌과 더불어 거주

할 만한 유일한 공간인 그 방에서 저녁을 먹었다. 나는 일종의 지붕 밑 다락방에서 잠을 잤다. 우리가 저녁 식사를 한 방은 안 그래도 늘 약간 컴컴한 편인데, 그날 같은 11월의 밤에는 특히 더 어두웠다. 불기운이 사그라들자 아주 희미한 빛도 반사하는, 벽에 걸린 커다란 구리 냄비와 오래된 난상기[1]들 외에는 아무것도 보이지 않았다. 그러다 갑자기 불길이 되살아나서 평온한 얼굴, 너그러운 웃음, 어린 룰루의 머리카락을 어루만지는 엘렌의 손에 끼워진 금반지를 환히 밝혔다. 엘렌은 하얀 물방울무늬가 찍힌 푸른색 비단 원피스를 입었다. 내 어머니의 꽃가지 무늬 캐시미어가 그녀의 어깨를 덮고 있었다. 그녀 곁에는 프랑수아가 앉아 있었다. 두 사람 모두 발치에 있는 자식들을 바라보고 있었다. 파이프에 다시 불을 붙이고 싶었던 내가 나무 부스러기에 불을 붙여 들어 올리자, 그 불빛에 내 얼굴이 훤히 드러났다. 주변을 관찰하는 건 나만이 아니었다. 콜레트 역시 호기심 어린 눈길로 나를 살피고 있었다. 그녀가 갑자기 소리쳤다.

"전에도 자주 느꼈는데, 아저씨는 표정이 참 냉소적이세요."

그러고는 자기 아버지를 돌아보며 말했다.

"난 계속 두 분의 사랑 이야기를 기다리고 있어요, 아빠."

"너희 엄마와 처음 만났을 때 얘기를 해주마." 프랑수아가 말했다. "너희 외할아버지는 당시에 읍내에 살

---

1 숯불을 채워 난방용으로 사용한 기구.

고 계셨어. 너희도 알다시피 외할아버지는 두 번 결혼하셨는데, 너희 엄마는 첫 결혼에서 태어났고, 둘째 부인, 그러니까 너희 엄마의 의붓어머니에게도 첫 결혼때 낳은 딸이 하나 있었지. 너희가 모르는 건 우리 집안에서 원래 나를 그 아가씨 — 너희 엄마의 의붓언니 — 와 결혼시키려 했다는 사실이야."

"재미있네요." 콜레트가 말했다.

"그렇지, 그런데 인연이란 게 참 묘해. 난 도살장의 소처럼 부모님에게 끌려가다시피 해서 그 집에 처음 발을 들여놓았단다. 너희 할머니가 어떻게든 날 결혼시키고 싶어 하셨거든. 결혼은 안 해도 좋으니 한번 만나보기라도 하라고 어찌나 닦달하시던지. 우리는 그 집으로 들어갔어. 세상에나, 시골 거실 중에서 가장 썰렁하고 추운 거실을 상상해 보렴. 벽난로 위에 사랑의 불꽃을 형상화한 청동 횃불 등롱 두 개가 놓여 있었어. 지금도 그걸 떠올리면 소름이 돋는구나."

"난 어땠겠어요!" 엘렌이 웃으며 말했다. "절대 불을 지피는 법이 없는 거실에서 얼음처럼 굳어 꼼짝도 하지 않는 그 불꽃은 상징적인 가치를 지니고 있었어요."

"더는 삼갈 필요도 없으니 하는 말인데, 너희 할아버지의 둘째 부인은 성격이 그야말로……."

"그만해요, 돌아가신 분이잖아요."

"그래서 다행이지……. 너희 엄마 말이 맞아. 죽은 자들에게 평화를. 아주 기가 센 분이셨어. 붉은색 머리카락을 틀어 올려 큼직하게 쪽을 지었고, 피부가 눈처럼 희었지. 그분 딸은 어딘지 좀 모자라 보였어. 그 아가씨는 나와 선을 보는 동안 말은 단 한 마디도 하지 않고 추위에 갈라져 퉁퉁 부은 두 손을 무릎 위에 올려놓고 겹쳤다가 풀기를 반복했단다. 몹시 추운 겨울날이었어. 그들은 우리에게 대접한답시고 버터 비스킷 여섯 개, 오래 묵어 허옇게 색이 변한 초콜릿을 정과 그릇에 담아 내왔지. 추위를 많이 타는 너희 할머니는 끊임없이 재채기를 해대셨어. 나는 방문을 가능한 한 빨리 끝내려고 서둘렀단다. 그런데 우리가 마침내 그 집을 나서려고 할 때 눈이 다시 내리기 시작했고, 나는 근처에 있는 학교에서 돌아오는 아이들을 봤어. 그중에 큼직한 나막신을 신고 붉은색 케이프를 입은 채 눈 속을 미끄러지며 달려오는 여자아이가 있었어. 온통 풀어헤친 검은 머리카락, 발갛게 달아오른 두 뺨, 코끝과 눈썹 위에 매달린 하얀 눈, 그 아이가 바로 당시 열세 살이었던 너희 엄마였단다. 남자아이들이 너희 엄마를 쫓아오며 뭉친 눈을 목덜미에 던져댔어. 너희 엄마는 내가 있는 곳까지 달려오더니 홱 돌아서서는 두 손으로 눈을 뭉쳐 깔깔 웃으며 남자아이들을 향해 던졌어. 그러고는 나막신에 잔뜩 묻은 눈을 털어내느라 얼굴 위로 흘러내리는 검은 머리칼은 아랑곳하지 않은 채 문지방에 서서 깨금발로 콩콩 뛰어댔지. 얼음처럼 차가운 거실에서 그 서먹서먹한 사람들과 작별 인사를 하고 막 집을 나서던 나에게 그 아이가 얼마나 생기 넘치고 매력적으로 보였는지 너희는 상상할 수 없을 거야. 너희 할머니가 그 여자아이가 누구인지 나에게 말해줬지. 바로 그 순간 나는 그 아이와 결혼하기로 마음먹었단다. 웃지 말아라, 얘들아. 그건 내 안에 있는 욕망이나 소원이기보다는 일종의 환영幻影이었어. 나는 상상 속에서 그 아이가 나중에, 몇 년 후에, 내 아내가 되어 나와 나란히 성당을 나서는 모습을 봤단다. 당시 그 아이는 행복하지 않았어. 아버지는 늙어 병들었고, 의붓어머니는 그녀를 전혀 돌보지 않았거든. 나는 갖은 술수를 부려서 부모님이 그 아이를 집으로 초대하게 했고, 그 아이가 숙제하는 걸 도와줬어. 책도 빌려주고, 그 아이를 위해, 오로지 그 아이를 위해 소풍이나 작은 무도회를 계획하기도 했지. 그 아이는 전혀 눈치채지 못했지만……"

"눈치채지 못하긴요." 엘렌이 말했다. 희끗희끗한 머리카락 아래로 그녀의 두 눈이 장난기 어린 광채를 발했고, 입에는 아주 젊은 미소가 번졌다.

"나는 공부를 마치기 위해 파리로 떠났어. 열세 살 아이에게 청혼할 수는 없으니까. 떠나면서 마음먹었지, 오 년 후에 돌아와서 그녀를 내 아내로 삼겠다고. 그런데 그 아이가 열일곱 살에 결혼을 해버렸지 뭐니. 자신보다 나이가 훨씬 많은 아주 착한 남자에게 시집을 갔지. 의붓엄마에게서 달아날 수만 있다면 아마 아무하고라도 결혼했을 거야."

"마지막에는 의붓엄마가 얼마나 인색하게 굴었는지 내 의붓언니와 나에겐 장갑이 한 켤레밖에 없었어요. 그래서 누군가를 방문하러 갈 때면 그걸 언니와 내가 번갈아 껴야 했죠." 엘렌이 말했다. "그런데 의붓엄마는 우리가 외출해야 할 때마다 나에게 창피를 주기 위해 교묘하게 꾀를 부렸어요. 그래서 그 장갑, 반들반들 윤기가 나는 그 예쁜 염소 가죽 장갑을 끼는 건 늘 언니였죠. 그 장갑이 얼마나 탐이 나던지, 결혼만 하면 그런 걸 내 것으로, 오로지 나만의 것으로 가질 수 있어, 이런 생각만으로도 나는 날 사랑하지 않아도 나에게 청혼하는 첫 남자에게 좋다고 말할 수 있었어요. 젊었을 때는 누구나 좀 어리석잖아요……."

"나는 무척 슬펐단다." 프랑수아가 말했다. "내가 파리에서 돌아왔을 때 열세 살 소녀였던 너희 엄마는 약간은 슬퍼 보이는 아리따운 새댁이 되어 있었고, 난 너희 엄마를 보자마자 홀딱 반하고 말았지……. 게다가 너희 엄마도……."

프랑수아가 입을 다물었다.

"어머나, 두 분 다 얼굴이 빨개지셨네." 콜레트가 엄마와 아빠를 번갈아 가리키고는 손뼉을 쳐가며 소리쳤다. "모두 다 얘기해 주세요! 거기서 소설이 시작되는 거죠, 그렇죠? 두 분은 얘기를 나누었고 서로의 마음을 알아차렸어요. 아빠는 엄마가 자유로운 몸이 아니었기 때문에 비탄에 빠져 다시 떠났어요. 아빠는 일편단심으로 기다리다가 엄마가 홀몸이 되자 다시 돌아와 결혼했고요. 그렇게 두 분은 행복하게 살았고, 자식을 여럿 낳았어요."

"그래, 얼추 그렇게 됐지." 엘렌이 말했다. "하지만 맙소사, 그전에 얼마나 많은 근심과 눈물이 있었는지! 모든 게 해결하기가 너무나 어려워 보였어. 도저히 어떻게 해볼 수가 없을 것 같았지! 이젠 다 옛날이야기긴 하지만……. 내 첫 남편이 죽었을 때 너희 아빠는 여행 중이었단다. 난 너희 아빠가 날 잊었을 거라고, 다시는 돌아오지 않을 거라고 생각했어. 젊었을 때는 누구나 그렇게 마음이 급하단다. 지나가는 하루하루가, 사랑

없이 잃어버리는 하루하루가 마음을 찢어놓지. 그러다 마침내 너희 아빠가 돌아왔어."

바깥은 날이 완전히 저물어 있었다. 나는 일어나서 통나무로 된 커다란 덧창들을 닫았다. 덧창이 삐걱대는 소리가, 숲의 적막을 뚫고 들려오는 그 소리가 얼마나 음산하고 애절하던지 다들 소스라칠 듯이 놀랐다. 엘렌이 이제 돌아가야 할 시간이라고 말했다. 장 도랭이 순순히 일어나 내 침실에 있던 여자들의 외투를 가지러 갔다. 나는 콜레트가 이렇게 묻는 소리를 들었다.

"엄마, 그 의붓언니는 어떻게 됐어요?"

"죽었어. 칠 년쯤 전에 네 아빠와 내가 장례식에 참석하러 니에브르의 쿠드레로 갔던 거 기억나지? 그게 그 불쌍한 세실 언니의 장례식이었단다."

"그분도 그 엄마만큼이나 엄마한테 못되게 굴었어요?"

"세실? 오, 아냐, 가엾은 언니! 세상 누구보다 부드럽고 너그러운 사람이었어. 날 진심으로 사랑했고, 나 역시 그랬지. 나에게는 친언니 같았단다."

"이상하네요. 그럼 왜 한 번도 우리를 보러 오지 않았죠?"

엘렌은 대답하지 않았다. 콜레트가 질문을 하나 더 했지만, 엘렌은 계속 입을 다물고 있었다. 콜레트가 계속 캐묻자, 그녀가 마침내 말했다.

"그 모든 게 너무 오래된 일이라……." 그녀의 목소리가 갑자기 이상하고 아련하게 변해 있었다. 마치 꿈을 꾸며 내뱉는 넋두리처럼.

그때 장 도랭이 외투들을 들고 돌아왔고, 우리는 집

을 나섰다. 나는 사촌들을 그들의 집까지 바래다주었다. 그들은 내 집에서 4킬로미터 떨어진 곳에 있는 아주 매력적인 집에 살고 있었다. 우리는 진흙탕으로 변한 좁은 길을 나아갔다. 남자아이들이 프랑수아와 함께 앞장을 섰고, 그 뒤를 콜레트와 장 도랭이, 또 그 뒤를 엘렌과 내가 따랐다.

엘렌이 나에게 결혼을 앞둔 젊은 연인에 대해 말했다.

"장 도랭, 참 참한 청년인 것 같아요, 안 그래요? 둘은 사귄 지 오래됐고, 행복을 누릴 모든 가능성을 갖고 있어요. 그들은 내가 프랑수아와 산 것처럼 평온하고 화합하고 품위 있고…… 무엇보다 기복도 폭풍도 없는…… 평온한 삶을 살 거예요. 행복하게 사는 게 뭐 그리 어렵나요? 내가 보기에는 물랭뇌프 자체에 마음을 달래주는 뭔가가 있는 것 같아요. 난 늘 강가에 지어진 집을 꿈꿨어요. 따뜻한 침대에서 한밤중에 깨어나 물 흐르는 소리를 듣고 싶었죠." 마치 꿈꾸듯 그녀가 말을 이었다. "곧 아이가 태어날 거고……. 오 맙소사, 스무 살 시절에 삶이 이렇게 단순하다는 걸 알았다면……."

나는 정원 철책 앞에서 그들과 헤어졌다. 철책이 날카롭게 삐걱거리며 열렸고, 징 소리처럼 엄숙하고 낮은 소리를 내며 다시 닫혔다. 그 묵직한 소리가 귀에 제공하는 독특한 쾌감은 오래 숙성된 부르고뉴 포도주를 머금었을 때 입안에 퍼지는 느낌을 떠올리게 했다. 그 집은 바람이 조금만 불어도 소스라치며 일렁이는, 잎이 무성한 녹색 개머루덩굴로 뒤덮여 있다. 이 계절에는 바싹 마른 잎 몇 장과 달빛에 반짝이는 철사 망만 남아 있었다. 에라르 가족이 집으로 들어간 후에도 나는 잠시 장 도랭과 함께 길에 서 있었다. 거실과 침실의 창문들에 불이 차례로 켜졌다. 창문에서 새어 나온 평화롭고 환한 빛이 어둠을 밝혔다.

"우리 결혼식에 어르신도 참석하실 거라 기대해도 되겠죠?" 장 도랭이 불안한 표정으로 물었다.

"물론이지, 이 사람아! 내가 결혼식 연회에 안 가본 지 족히 십 년은 됐을 걸세. 참 오랜만이야……."

나는 이런저런 인연으로 참석할 기회가 있었던 그 모든 결혼식 연회를 떠올렸다. 끝날 줄 모르고 이어지는 시골 특유의 푸짐한 식사, 거나하게 취해 벌겋게 달아오른 얼굴들, 인근 도시에서 데려온 시중꾼들, 그들이 빌려 온 의자와 무도회용 마루판, 후식으로 나온 폭탄 아이스크림[1], 새 신발이 너무 조여 아파하는 신랑, 그리고 무엇보다 인근 마을 구석구석에서 불쑥 모습을 드러내는, 때로는 몇 년 동안 얼굴 한 번 못 보다가 물 위를 떠도는 코르크 마개처럼 갑자기 나타나서는 시간의 어둠 속에서 원인을 잃어버린 불화의 기억, 싸늘하게 식어버린 사랑과 증오, 깨지고 잊힌 혼사, 상속과 소송 이야기의 기억을 떠올리는 가족, 친구, 친척, 이웃들…….

늙은 삼촌 샤플랭은 남사스럽게 가정부와 결혼을 했고, 몽트리포 자매는 같은 거리에 살면서도 어느 날 언니가 동생에게 잼 조리용 냄비를 빌려주지 않았다고

---

1 겉과 속을 다른 아이스크림으로 만든 차가운 디저트.

해서 14년 전부터 서로 말을 하지 않고 있고, 공증인의 아내는 외판원과 바람이 나서 파리로 달아났고……. 맙소사, 시골 결혼식, 이 무슨 유령들의 모임인지! 큰 도시의 삶은 사람들이 늘 서로 만나거나 절대 만나지 않아서 훨씬 단순하다. 하지만 여기는…… 이미 말했 듯이, 사람들이 물 위를 떠도는 코르크 마개 같다. 짠, 하고 나타나서는 온갖 소란을 피우고 오래된 기억을 풀어놓는다! 그리고 훌쩍 사라져서는 십 년 동안 잊히 고 만다.

나는 휘파람을 불어 우리를 뒤따라오던 내 개를 불 렀다. 나는 장 도랭과 헤어져 집으로 돌아왔다. 나는 내 집이 좋다. 불이 사그라든다. 불이 더는 놀지 않고 춤추지 않을 때, 더는 눈부신 불꽃을 사방으로 내던지 지 않을 때, 수많은 불티가 빛도 열기도 없이, 아무에 게도 득이 되지 않은 채 꺼져가며 그저 냄비를 천천히 데우기만 할 때, 그때 내 집은 참 좋다.

2

콜레트의 결혼식은 11월 30일 낮 열두 시에 거행되었다. 성대한 식사와 무도회로 모처럼 온 가족이 한자리에 모였다. 나는 그 계절이면 겹겹이 쌓인 낙엽과 진흙으로 덮여 마치 늪처럼 앞으로 나아가기가 만만찮은 메Maie의 숲길을 가로질러 이튿날 아침이 되어서야 집으로 돌아왔다. 나는 누군가를 기다리느라 사촌들 집에 아주 늦게까지 남아 있었다. 춤추는 모습을 한 번 봤으면 좋겠다 싶은 사람이 있었다. 물랭뇌프는 예전에 엘렌의 이복언니 세실이 살았던 쿠드레와 바로 붙어 있다. 세실은 죽었지만 그녀가 거둬서 키운 여자아이, 지금은 장성해서 결혼한 브리지트 드클로가 쿠드레를 물려받았다. 나는 쿠드레와 물랭뇌프가 좋은 이웃으로 지냈을 테니 그 젊은 여자가 콜레트의 결혼식에 반드시 올 것이라 짐작했다. 실제로 그녀는 어김없이 모습을 드러냈다.

나이 스물넷인 브리지트 드클로는 키가 컸고 무척

아름다웠으며, 멀리서 봐도 당돌하고 기운차고 건강하다는 게 느껴졌다. 그녀의 눈은 녹색이었고, 머리칼은 검은색이었다. 그녀는 검은색의 짧은 원피스 차림이었다. 그곳에 참석한 여자 중에 결혼식 하객처럼 차려입지 않은 사람은 오로지 그녀뿐이었다. 나는 그녀가 자신을 따돌리는 그 고장 사람들에 대한 경멸감을 드러내려고 일부러 수수하게 입고 온 것 같다는 인상마저 받았다. 그녀가 입양된 여자아이에 지나지 않는다는 것을, 농장에서 일하는 보육원 여자아이들보다 나은 게 전혀 없다는 것을 모두가 알고 있었다. 게다가 그녀는 나이 많고 인색한 데다 교활하기까지 한, 거의 농부나 다름없는 남자와 결혼했다. 그 지역에서 가장 아름다운 땅을 소유하고 있지만, 그 지역 사투리만 쓰고 직접 소들을 들판으로 몰고 가는 남자였다. 그녀도 아마 자신이 늙은 남편의 돈을 물 쓰듯 쓴다는 소문을 접했을 것이다. 그 원피스는 파리에서 온 것이었고, 큼직한 다이아몬드가 박힌 반지를 여러 개 끼고 있었으니까. 나도 그녀의 남편을 잘 안다. 얼마 안 되는 내 유산을 야금야금 사들인 사람이 바로 그였다. 나는 요즘에도 일요일이면 길에서 가끔 그와 마주친다. 말끔하게 면도를 하고 구두를 꺼내 신은 그는 챙 모자를 눌러쓰고 내가 그에게 양도한, 지금은 그의 가축들이 풀을 뜯고 있는 벌판을 물끄러미 바라본다. 그가 울타리에 팔꿈치를 기댄다. 손에서 놓는 법이 없는 옹이가 진 지팡이를 땅에 꽂는다. 크고 억센 두 손에 턱을 괴고 정면을 응시한다. 나는 지나간다. 나는 개를 데리고 산책이나 사냥을 한다. 그러다 해 질 무렵이 되어서야 돌아온다. 그는 여전히 거기 있다. 그는 한 치도 움직이지 않았다. 그는 자신의 재산을 바라보았다. 그는 행복하다. 그의 젊은 아내는 절대 내 집 쪽으로는 오지 않는다. 나는 그녀를 한번 보고 싶었다. 나는 장 도랭에게 그 여자에 관해 이것저것 물어본 적이 있다.

"어르신도 그 여자를 아시는 모양이죠?" 장 도랭이 나에게 물었다. "우리랑 이웃에 살고 있고, 남편분이 제 고객이세요. 그 부부를 결혼식에도 초대할 생각이고 집으로 모셔서 대접도 해야 할 텐데, 그 여자가 콜레트와 어울리는 건 싫어요. 남자들과 어울리는 그녀의 자유분방한 행실이 영 마음에 안 들거든요."

브리지트 드클로가 모습을 드러냈을 때, 엘렌은 내게서 멀지 않은 곳에 서 있었다. 엘렌은 들뜨고 지친 기색이 역력했다. 그들은 하객을 위해 물랭에서 가져와 천막 아래 설치한 무도회용 마루판 위에 백 인분의 점심을 차렸다. 기온은 포근했고, 청명한 날씨에 습기가 어려 있었다. 이따금 천막의 천 자락이 바람에 들리면서 에라르 가家의 넓은 정원과 헐벗은 나무들, 낙엽으로 뒤덮인 연못이 보였다. 오후 다섯 시가 되자, 식탁들이 치워졌고 사람들이 춤을 추기 시작했다. 초대받은 손님들은 그때도 계속 도착했다. 대부분 과하게 먹고 마시는 걸 좋아하지 않아서 춤만 추러 온 젊은 사람들이었다. 브리지트 드클로도 그중 하나였는데, 혼자 온 것으로 보아 딱히 친하게 지내는 사람이 없는 것 같았다. 엘렌은 다른 사람들과 마찬가지로 그녀와도 악수했다. 잠시 입술을 움찔하나 싶더니, 여자들이 아주 비밀스러운 생각들을 감출 때 흔히 그러듯 억지

웃음을 지으며 입술을 앙 다물었다.

늙은이들은 곧 즉흥적으로 마련된 무도회장을 젊은이들에게 내어주고 집 안으로 물러났다. 그들은 큰 불을 피워놓고 주변에 둘러앉았다. 밀폐된 방 안에 모여 있으니 금세 답답해진 사람들은 석류 시럽과 펀치를 마셨다. 남자들은 그해의 수확, 주인이 반타작 소작제[1]로 내놓은 농장, 가축의 가격에 대해 이런저런 얘기를 나눴다. 그런 자리에 모인 나이 지긋한 사람들에게는 세상 무슨 일이 닥쳐도 쉽사리 흔들리지 않는 뭔가가 있다. 삶의 온갖 양념이 들어간, 무겁고 쓴 갖은 요리를 소화해 내어 모든 독소를 제거하고, 십 년 혹은 십오 년 동안 완벽한 균형 상태, 부러울 정도의 정신적 건강 상태를 유지하는 생체 기관들이 느껴진다. 그들은 그들 자신에게 만족한다. 세상을 자신의 욕망에 맞추려고 애썼던 젊은 시절의 힘들고 부질없는 노동을 그들은 이미 끝냈다. 그들은 실패했고, 이제 쉬고 있다. 몇 년 후에 그들은 또다시 은근한 불안, 이번에는 돌이킬 수 없는 죽음의 불안에 시달리게 될 것이다. 그 불안은 그들의 취향을 이상하게 타락시키고, 그들을 무심하고 괴팍하고 변덕스럽게, 친척의 눈에는 이해할 수 없게, 자식의 눈에는 낯설게 바꿔놓을 것이다. 하지만 마흔에서 예순까지, 그들은 불안정하고 일시적인 평화를 누린다.

나 역시 푸짐하게 먹고 거나하게 마신 후에 예전의 나날들, 나를 이 고장에서 달아나게 했던 잔인한 적을

---

1 땅 주인과 소작인이 수확을 반반으로 나누는 제도.

떠올리며 그 평화를 여실히 느꼈다. 나는 콩고에서는 공무원, 타히티에서는 상인, 캐나다에서는 모피 사냥꾼이 되려고 애썼다. 하지만 나는 그 무엇에도 만족하지 못했다. 나는 내가 큰돈을 벌려고 애쓴다고 생각했다. 하지만 사실 나는 내 젊은 피의 열기에 떠밀려 이곳저곳을 전전했다. 그 열기가 식어버린 지금은 내가 그때 왜 그랬는지 이해할 수가 없다. 출발점으로 돌아오기 위해 쓸데없이 먼 길을 헤매어 다녔다는 생각마저 든다. 그나마 위안이 되는 건 내가 결혼을 하지 않았다는 사실이다. 하지만 나는 세상을 돌아다니지 말았어야 했다. 그냥 여기 머물면서 재산을 불렸어야 했다. 그랬다면 나는 지금쯤 제법 큰 재산을 모았을 것이고, 조카들에게는 유산 상속이 기대되는 부유한 삼촌이 되어 있었을 것이다. 그랬다면 이 사회에 단단히 뿌리를 내리고 있다고 느꼈을 테지만, 지금 나는 나무 사이를 떠도는 바람처럼, 팔자가 좋아 뚱뚱하게 살이 찐 사람들 사이를 떠돈다.

나는 젊은이들이 춤추는 걸 구경하러 갔다. 어둠 속에 속이 비치는 엄청나게 큰 천막이 서 있고, 거기서 악단의 관악기 소리가 흘러나왔다. 천막 안에는 임시변통으로 조명이 설치되어 있었다. 여러 줄로 매달아 놓은 작은 전구들의 생생한 빛에 비쳐 춤추는 사람들의 그림자가 천막 위에 그려졌다.

혁명 기념일이나 박람회의 무도회를 떠올리게 했지만, 우리 고장에서는 대대로 이렇게 하는 게 관례였다. 가을 나무들 사이로 바람이 불자, 천막이 이따금 큰 선박처럼 약간 기우뚱거리는 듯해 보였다. 그렇게, 깜깜한 밤에 바깥에서 바라본 그 광경은, 이유는 모르겠지만 왠지 낯설고 슬픈 성격을 띠고 있었다. 아마 미동도 없는 자연과 신나게 요동치는 젊음 사이의 대비 때문일 것이다. 가엾은 아이들! 그들은 마음껏 즐기고 있었다. 특히 젊은 여자들이. 우리 고장에서는 여자아이들을 아주 엄격하고 순결하게 키운다. 열여덟 살까지는 물랭이나 느베르의 기숙학교에 집어넣고, 그다음에는 결혼할 때까지 어머니의 엄격한 감시 아래 집안 살림을 가르친다. 그래서 그들의 육체와 영혼은 표출되지 못한 힘, 건강, 욕망으로 가득하다.

나는 천막 안으로 들어갔다. 그들을 바라보았고, 그들의 웃음소리를 들었다. 그들이 리듬에 맞춰 몸을 격렬하게 움직이면서 어떤 쾌감을 얻는지 궁금했다. 나는 얼마 전부터 젊은 사람들을 보면 일종의 놀라움을 느낀다. 마치 나와는 전혀 다른 동물 종을 보는 것처럼, 늙은 개가 생쥐들이 춤추는 걸 보는 것처럼. 나는 엘렌과 프랑수아에게 그들도 그런 느낌이 드는지 물어보았다. 그들은 크게 웃고는 내가 은둔생활을 하는 늙은 이기주의자라서 그렇다고, 그들은 다행스럽게도 자식들과 계속 소통하고 있다고 대답했다. 정말 그럴까? 나는 그들이 단단히 착각하고 있다고 생각한다. 만약 그들이 자신의 젊음이 되살아나는 것을 눈앞에서 보게 된다면, 그들은 공포에 질리거나 제 젊은 모습을 알아보지 못할 것이다. 그들은 그 앞을 지나가면서 이렇게 말할 것이다. "저 사랑, 저 꿈, 저 불이 우리의 모습이었다고? 저렇게 낯선 것이?" 자신의 젊음에 대해서도 그러한데, 어떻게 남의 젊음을 이해할 수 있을까?

악사들이 숨을 돌리는 사이, 나는 신혼부부를 물랭 뇌프로 태워 갈 자동차가 오는 소리를 들었다. 나는 젊은 쌍들 가운데에서 브리지트 드클로를 눈으로 찾았다. 그녀는 키가 큰 갈색 머리의 젊은 남자와 춤을 추고 있었다. 나는 그녀의 남편을 떠올렸다. 신중하지 못한 양반 같으니! 하지만 어쩌면 나름대로는 현명한 것인지도 모른다. 젊은 아내가 젊음을 만끽하는 동안 붉은 털 이불로 자신의 늙은 몸을, 여러 장의 땅문서로 자신의 영혼을 따뜻하게 데우고 있으니.

3

　새해 첫날, 나는 에라르 부부 집에서 점심을 먹는다. 이 고장에서는 한 번 방문하면 아주 오래 머무는 게 관습이다. 정오쯤 도착해서 점심을 먹고 오후 내내 시간을 보내다가 점심때 남은 음식으로 저녁을 먹고 밤이 되어서야 집으로 돌아간다. 프랑수아는 그의 소유지 중 하나를 방문하기로 되어 있었다. 엄동설한이라 도로들이 눈으로 뒤덮여 있었다. 우리는 그와 저녁을 같이 먹기 위해 기다렸는데, 오후 다섯 시경에 출발한 사람이 여덟 시가 되었는데도 돌아오지 않았다.

　"사람들한테 붙들렸나 봐요. 아마 농장에서 자고 오는 모양이에요." 내가 말했다.

　"내가 기다린다는 걸 알고 있는데, 그럴 리가 없어요." 엘렌이 대답했다. "결혼한 후로 연락도 없이 외박한 적이 한 번도 없거든요. 우리 먼저 식사 시작해요. 아마 곧 도착할 거예요."

　아들 셋은 물랭뇌프의 누나 집에 초대를 받아 가고

없었다. 그들은 거기서 자고 오기로 되어 있었다. 그렇게 해서, 나는 아주 오랫만에 엘렌과 단둘이 있게 되었다. 우리는 이 고장에서 나누는 대화의 유일한 주제인 날씨와 수확에 관해 이런저런 얘기를 했다. 우리의 식사를 방해하는 건 아무것도 없었다. 이 고장에는 옛 시절들을 상기시키는 외지고, 야생적이고, 넉넉하고, 불신에 찬 뭔가가 있다. 주방의 식탁은 우리 두 사람이 식사하기에는 너무 커 보였다. 모든 것이 빛났다. 떡갈나무 가구, 반들거리는 마루, 꽃무늬 접시, 우리 고장에서만 볼 수 있는 거대한 원형 찬장, 괘종시계, 벽난로의 구리 장식, 전기 조명의 헌가장치, 부엌과 연결되어 있어서 요리를 내올 때 사용하는, 조각이 새겨진 떡갈나무 쪽문, 모든 게 정갈하고 차분한 분위기를 띠고 있었다. 내 사촌 엘렌은 그야말로 모범적인 주부였다! 각종 잼과 저장 음식, 제과에 대해 얼마나 잘 아는지! 닭장과 정원을 얼마나 잘 관리하는지! 나는 어미가 죽는 바람에 젖병으로 우유를 먹여 키운 새끼 토끼 열두 마리가 아직도 잘 자라는지 그녀에게 물어보았다.

"아주 건강하게 자라고 있어요." 엘렌이 대답했다.

하지만 나는 그녀가 내 얘길 건성으로 듣고 있다는 걸 느꼈다. 그녀는 수시로 괘종시계를 쳐다보고, 자동차 소리를 살피기 위해 귀를 기울였다.

"보아하니, 프랑수아가 많이 걱정되는 모양이군요. 설마 무슨 일이 있기야 하겠어요?"

"아무 일도 없겠지만, 잠시도 떨어져 지낸 적이 없어서 불안해요. 프랑수아와 나는 서로 너무 붙어 지내서 그가 곁에 없으면 고통스럽고 걱정이 돼요. 바보 같다는 건 잘 알지만……."

"전쟁 중에는 헤어져 있었잖아요……."

"아." 그녀는 그 기억에 온몸을 떨었다. "그 5년은 너무나 힘들고 끔찍했어요……. 그래서 가끔 그 5년이 과거의 모든 죄를 씻어준 것 같은 생각이 들어요."

우리 사이에 침묵이 흘렀다. 부엌과 통하는 쪽문이 삐걱거리며 열렸고, 하녀가 우리에게 마지막으로 수확한 겨울 사과 투르티에르[1]를 건네주었다. 괘종시계가 아홉 시를 알렸다. 부엌 안쪽에서 하녀가 말했다.

"주인 어르신이 이렇게 늦으신 적은 한 번도 없는데."

눈이 내렸다. 우리는 입을 다물고 있었다. 물랭뇌프에서 전화가 왔다. 거기는 모두가 잘 지내고 있었다. 엘렌이 나에게 왜 그렇게 게으르냐고 질책했다.

"콜레트한테는 언제 가볼 거예요?"

"너무 멀어서." 내가 대답했다.

"늙은 부엉이처럼 숲에 틀어박혀서……. 그 쥐구멍에서 나오는 걸 도통 볼 수가 없다니까. 그래도 한때는…… 당신이 어딘지 모를 곳에서 야만인들과 함께 살았다는 걸 생각하면……. 그런데 지금은 몽타로에 살면서 지척인 물랭뇌프가 '너무 멀어서' 못 가다니……." 그녀가 내 말투를 흉내 내며 말했다. "그들을 한번 봐야 해요, 실베스트르. 그 아이들은 너무나 행복해하고 있어요. 콜레트가 농장 일을 도맡아 한대요. 그 집안이 아주 모범적인 낙농장을 갖고 있거든요. 콜레

---

1 파이의 일종.

트가 여기서 지낼 때는 약간 태평스럽고 응석도 많이 부렸어요. 그런데 그곳으로 간 후로는 제일 먼저 일어나고, 스스로 일도 찾아서 하고, 모든 걸 맡아서 한대요. 도랭 영감님이 물랭뇌프를 완전히 다시 짓고 돌아가서서 이미 구십만 프랑에 사겠다고 나선 사람도 있었대요. 당연히 아이들은 팔 생각이 없고요. 그 방앗간은 백오십 년 전부터 대대로 내려온 거니까요. 아이들은 그냥 그렇게 살 생각인 모양이에요. 일과 젊음, 행복을 위한 모든 걸 가졌으니까요."

엘렌은 미래를 상상하면서, 마음속으로 콜레트의 아이들을 그리면서 이렇게 말을 이어갔다. 바깥에서 거대한 서양 삼나무 가지가 쌓인 눈의 무게를 못 이겨 우지끈 부러지며 신음하는 소리가 들려왔다. 밤 아홉 시 반이 되자, 엘렌이 갑자기 하던 이야기를 중단하며 말했다.

"정말 이상하네. 일곱 시에는 돌아왔어야 하는데."

엘렌은 더는 식욕이 없는 것 같았다. 그녀가 접시를 앞으로 밀어냈고, 우리는 아무 말 없이 기다렸다. 하지만 밤이 깊어가는데도 프랑수아는 돌아오지 않았다. 엘렌이 나를 향해 눈을 들며 말했다.

"남편을 무척 사랑하는 여자는 모두 그렇겠지만, 프랑수아에게 무슨 일이 생기면 나 역시 살아남지 못할 것 같아요. 프랑수아가 나보다 훨씬 나이가 많고 허약해서…… 가끔 겁이 나요."

그녀가 불에 장작을 던져 넣었다.

"아, 실베스트르, 삶에서 이런저런 사건이 일어날 때, 가끔 그 사건이 시작된 순간, 그 사건을 탄생시킨 씨앗에 대해 생각해 보나요? 어떻게 말해야 할지 모르겠는데…… 한번 상상해 봐요, 들판에 씨를 뿌리는 순간을, 한 개의 밀알 속에 들어 있는 모든 것을, 그것이 가져다줄 미래의 수확을……. 삶에서도 그와 똑같아요. 내가 프랑수아를 처음 본 순간, 우리가 눈길을 나눈 순간, 그 순간에 모든 것이……. 그건 정말이지 아찔해요. 미쳤다 싶을 정도로, 현기증이 일 정도로……! 우리의 사랑, 우리의 이별, 내가 다른 남자의 아내였을 때 그가 다카르에서 보낸 삼 년의 세월, 그리고…… 다른 모든 것들……. 그러고는 전쟁, 아이들……. 달콤한 것들, 고통스러운 것들, 그의 죽음 혹은 나의 죽음, 남게 될 사람의 절망."

"그렇긴 하지만, 무엇을 수확하게 될지 미리 안다면 누가 밭에 씨를 뿌리겠어요?"

"다들 그렇게 하잖아요, 실비오. 다들." 엘렌이 나를 지칭할 때 이제는 거의 사용하지 않는 이름으로 나를 부르며 말했다. "기쁨과 눈물, 그게 삶이잖아요. 모두가 살고 싶어 하죠. 당신만 빼놓고."

나는 빙긋이 웃으며 그녀를 바라보았다.

"프랑수아를 정말 사랑하는군요!"

그녀가 간단하게 대답했다.

"많이 사랑해요."

누가 황급히 부엌문을 두드렸다. 전날 하녀에게 달걀을 담을 고리 바구니를 빌렸다가 돌려주러 온 옆집 꼬마였다. 나는 살짝 열린 쪽문을 통해 녀석의 날카로운 목소리를 들었다.

"뷔르 연못에서 사고가 났대요."

"사고? 무슨 사고?" 하녀가 물었다.

"자동차가 도로에서 두 동강이 났고, 부상자가 뷔르로 실려 갔대요."

"부상자가 누군지는 모르고?"

"참나, 내가 그걸 어떻게 알겠어요?" 꼬마가 말했다.

"프랑수아예요." 엘렌이 얼굴이 하얗게 질려 말했다.

"이런, 정신 나갔군요!"

"틀림없어요. 프랑수아예요."

"그에게 사고가 났다면 진작에 당신한테 연락을 취했을 겁니다."

"그 사람을 그렇게 모르세요? 그는 내가 깜짝 놀라 뷔르로 미친 듯이 달려가는 걸 막기 위해 다친 상태에서도, 심지어 죽어가면서도 내게 연락을 하기보다는 자신을 이곳으로 옮기게 할 방도부터 찾을 거예요."

"하지만 아무리 그래도 한밤중에, 이렇게 눈이 쏟아지는데 차편을 마련할 수는 없을 텐데."

엘렌이 식당을 나서더니 현관으로 가서 외투와 숄을 챙겼다. 나는 이렇게 반복해 말할 수밖에 없었다.

"정신 나갔군요. 사고를 당한 게 프랑수아인지 아닌지 확실히 알지도 못하잖아요. 게다가 뷔르까지는 어떻게 가려고 그래요?"

"달리 방법이 없으면…… 걸어서라도 가야죠."

"11킬로미터나 되는데!"

엘렌은 대답조차 하지 않았다. 내가 이웃집들을 돌아다니며 자동차를 빌려보려고 했지만 허사였다. 그날 따라 불운이 겹쳤다. 한 대는 고장이었고, 의사의 자동차로는 그날 밤 인근 도시에서 바로 수술을 받아야 하는 위급환자를 옮겨야 했다. 길에 눈이 쌓여 자전거는 도움이 되지 않았다. 걸어서 가는 것 외에는 다른 방도가 없었다. 그런데 날씨가 엄청나게 추웠다. 엘렌은 아무 말 없이 아주 빨리 걸었다. 그녀는 프랑수아가 뷔르에서 자신을 기다리고 있다고 확신했다. 나는 그녀를 말리지 않았다. 그녀가 크게 다친 남편의 부름을 멀리서도 능히 감지할 수 있다고 믿었으니까. 부부의 사랑에는 초인간적인 힘이 있다. 교회에서 말하는 것처럼, 그것은 아주 큰 미스터리다. 사랑에는 다른 많은 미스터리가 있다.

우리는 도로에 쌓인 눈 때문에 기다시피 하는 자동차와 가끔 마주쳤다. 그럴 때마다 엘렌은 불안한 눈길로 차 내부를 들여다보며 "프랑수아!"라고 소리쳤다. 하지만 아무도 대답하지 않았다. 그녀는 조금도 지친 기색이 없었다. 깜깜한 밤중에 눈이 몰아치는 울퉁불퉁한 길을 단 한 번도 발을 헛디디거나 비틀거리지 않고 아주 자신만만하게 나아갔다. 나는 천신만고 끝에 뷔르에 도착한 그녀가 거기서 프랑수아를 찾지 못한다면 어떤 표정을 지을지 궁금했다. 하지만 그녀의 예감은 틀리지 않았다. 연못 근처에서 사고가 난 것은 프랑수아의 차였다. 한쪽 다리가 부러진 채 고열에 시달리며 불가로 옮겨놓은 농장의 커다란 침대에 누워 있던 프랑수아는 우리가 들어오는 걸 보고 기쁨의 탄성을 나지막하게 내질렀다.

"오, 엘렌…… 뭐하러……? 집에 그냥 있지……. 수레를 준비해서 집에 가려고 했는데, 뭐 하러 여기까지 왔어?"

엘렌이 부러진 그의 다리를 살펴보고는 가볍고, 신중하고, 능숙한 동작으로(그녀는 전시에 간호사로 활약했다) 붕대를 감기 시작할 때, 나는 프랑수아가 그녀의 손을 잡으며 이렇게 속삭이는 걸 들었다.

　"당신이 올 줄 알았어. 너무 아파서 속으로 당신을 불렀거든."

4

프랑수아는 겨우내 누워서 지냈다. 다리 두 군데에 골절상을 입었는데, 나로서는 알 수 없는 이런저런 합병증이 있어서 일주일 전에야 자리를 털고 일어났다.

우리는 날이 서늘해서 과일이 아주 적게 열린 여름을 보냈다. 우리의 시골 고장에 새로운 건 아무것도 없었다. 9월 20일, 콜레트 도랭이 출산을 했다. 아들이었다. 나는 콜레트가 결혼한 후로 물랭뇌프에는 딱 한 번밖에 가지 않았다. 그래서 그 탄생을 축하하기 위해 그곳을 다시 방문했다. 엘렌이 딸 곁에 있었다. '하루하루는 기어가고, 한해 한해는 날아간다'라는 동양 속담이 이곳만큼 잘 맞아떨어지는 곳은 어디에도 없다. 변함없이 오후 세 시면 날이 저물고, 까마귀가 날아다니고, 길에 눈이 쌓이고, 각기 외따로 떨어진 집에서 점점 줄어드는 것처럼 보이는 삶이, 외부에서는 가장 제한된 표면밖에 보이지 않는 삶이, 불가에서 아무것도 하지

않고, 책을 읽지도 술을 마시지도 않고, 심지어 꿈조차
꾸지 않고 흘러가는 긴 시간이 이어진다.

5

어제 3월 1일, 바람이 많이 부는 화창한 날이었다.
나는 쿠드레로 돈을 받으러 가기 위해 아침 일찍 집을
나섰다. 내 땅을 매입한 드클로 영감에게 받을 돈이 아
직 팔천 프랑이나 남아 있었다. 나는 누가 술 한 잔을
사주는 바람에 읍에서 꽤 지체했고, 쿠드레에는 해 질
무렵이 되어서야 도착했다. 나는 작은 숲을 가로질렀
다. 도로에서 쿠드레와 물랭뇌프를 가르는 어리고 연
한 녹색 나무들이 보였다. 해가 지고 있었다. 숲으로
들어서자 석양빛이 나뭇가지에 가려서 이미 어두웠다.
나는 고요한 숲을 좋아한다. 평소 그곳에서는 사람과
마주칠 일이 없다. 그런데 갑자기 근처에서 누군가를
부르는 여자 목소리가 들려와서 깜짝 놀랐다. 그것은
아주 높은 두 개의 음으로 변조되는 부름이었다. 누군
가 대답하듯 휘파람을 불었다. 그러자 이내 목소리가
잠잠해졌다. 나는 못 근처에 있었다. 우리 고장의 숲에
는 나무에 가려 사람들의 눈길이 닿지 않고, 무성한 골

풀에 에워싸여 접근이 쉽지 않은 못들이 곳곳에 있다. 사냥철이 되면 그 못가에서 주로 시간을 보내기에 나는 그곳들을 모두 알고 있다. 나는 아주 천천히 앞으로 나아갔다. 물이 반짝였고, 그 주변으로 어두운 방 안에서 거울이 퍼뜨리는 것과 같은 희미한 빛이 번졌다. 나는 한 남녀가 골풀 사이로 난 오솔길을 따라 서로를 향해 걸어가는 것을 보았다. 나는 단지 그들 몸의 형태만 구별할 수 있을 뿐(그들은 둘 다 키가 크고 훤칠했다) 생김새는 식별할 수 없었다. 여자는 붉은색 윗도리를 입고 있었다. 나는 계속 내 길을 갔다. 나를 보지 못한 그들은 서로를 껴안았다.

나는 드클로의 집에 도착했다. 그는 혼자였다. 창문을 열어놓고 창가에 있는 커다란 안락의자에 앉아 꾸벅꾸벅 졸고 있었다. 문득 눈을 뜬 그가 울분에 찬 깊은 한숨을 내쉬고는 내가 누군지 알아보지 못한 채 오랫동안 멍하니 나를 쳐다보았다.

나는 드클로에게 어디 아프냐고 물었다. 하지만 그는 병든 것을 수치로 여겨 마지막 순간까지, 죽음의 진땀을 흘리는 순간까지 그 사실을 숨기는 진정한 농부다. 그는 아주 건강하게 지낸다고 대답했지만, 푸르죽죽하게 변한 피부색, 퀭한 눈을 에워싼 보라색 그늘, 옷이 몸 위를 떠돌면서 만들어낸 주름, 그의 헐떡임과 쇠약이 깊은 병색을 드러냈다. 나는 그가 '악성 종양'을 앓고 있다는 말을 들은 적이 있었다. 그 말이 맞는 것 같았다. 브리지트는 곧 돈 많은 과부가 될 것이다.

"부인은 어디 계세요?" 내가 물었다.

"내 아내, 뭐라고?"

교활한 마필 매매상의 오래된 습관에 따라(드클로는 젊은 시절에 그 업종에 종사했다) 그는 귀가 잘 안 들리는 척한다. 그가 결국 아내는 물랭뇌프의 콜레트 도랭의 집에 있다고 웅얼거린다. "고것이 할 일이 없으니 산책을 한다, 이웃에 놀러 간다, 종일 싸돌아다니지." 드클로가 부아가 난 목소리로 말했다.

　그렇게 해서, 나는 그 두 젊은 여자가 서로 친하게 지낸다는 사실을 알게 됐다. 며칠 전 엘렌이 콜레트는 오로지 남편과 아들만을 위해 산다고, 외출을 전혀 하지 않는다고 나에게 장담한 것으로 보아 그녀도 그 사실을 모르는 것 같았다.

　늙은 드클로 영감은 나에게 의자를 가져다 앉으라는 손짓을 했다. 그는 너무나 인색해서 손님에게 포도주를 대접하는 것에도 큰 고통을 느낀다. 나는 그를 곯려 주기 위해 장난삼아 그의 건강을 위해 건배하게 술이나 한잔 달라고 청했다.

　"뭐라고? 잘 안 들려……. 귀가 윙윙거려서 죽을 맛이라니까. 바람이 불어서 그런지……." 그가 신음하듯 말했다.

　나는 그가 나에게 빚진 돈 얘기를 했다. 드클로가 한숨을 쉬며 주머니에서 큼지막한 열쇠를 꺼내더니 앉은 채로 안락의자를 장롱까지 끌고 갔다. 그런데 그가 열고자 하는 서랍이 너무 높이 있었다. 그는 서랍 높이까지 도달하기 위해 한참 동안 끙끙댔다. 그런데도 내가 열 테니 열쇠를 달라고 하자, 열쇠를 도로 주머니에 집어넣으면서 아내가 곧 돌아올 테니 그때 돈을 주겠다고 했다.

"부인이 아주 젊고 아름다우세요, 드클로 영감님."

"내 늙은 몸뚱이가 감당하기에는 너무 젊다는 말이죠, 실베스트르 씨? 흥, 그 여자한테 밤은 길지만, 낮은 금방 지나가지."

바로 그 순간, 브리지트가 들어왔다. 그녀는 검은색 치마와 붉은색 윗도리를 입고 있었다. 그런데 젊은 남자가 그녀를 따라 들어왔다. 삼 년 전 콜레트의 결혼식에서 그녀와 함께 춤을 췄던 남자였다. 나는 속으로 늙은 남편의 말을 마무리했다. '당신이 생각하는 것보다 훨씬 더 빨리 지나가는 것 같군요, 드클로 영감.'

하지만 드클로 영감도 눈치를 챈 것 같았다. 그가 젊은 아내를 빤히 쳐다보았다. 반쯤 죽은 것 같았던 그의 얼굴이 갑자기 열정과 분노로 환해졌다.

"드디어 오셨군! 정오부터 당신을 기다리고 있었어."

그녀가 나에게 악수를 청하고는 함께 온 남자를 소개했다. 그의 이름은 마르크 오네, 자기 아버지의 땅에서 살아가고 있는 남자였다. 그는 바람둥이에다 싸움꾼으로 소문이 나 있다. 게다가 아주 미남이다. 브리지트 드클로와 마르크 오네가 여기 사람들 표현으로 '바람이 났다'는 말을 나는 아직 한 번도 들어본 적이 없었다. 하지만 이 고장에서는 구설수가 마을 끝에 있는 집까지 퍼진다. 전원에서는, 밭과 깊은 숲에 의해 서로 분리된 외딴 거처에서는 아무도 모르게 많은 일이 일어난다. 나로서는 한 시간 전에 못가에서 붉은색 윗도리를 보지 못했다 해도 그들이 태연하게 저지르는 무분별한 언동, 그들의 움직임과 웃음 속에 감춰진 은근하고 뜨거운 분위기만으로도 이 젊은 남녀가 서로 사

44

랑하는 사이라는 걸 능히 짐작했을 것이다. 특히 그녀
가 그랬다. 그녀는 뜨겁게 타오르고 있었다. '그녀에게
밤은 길다'고 드클로 영감은 말했다. 나는 그 밤을 상
상했다. 그녀가 늙은 남편 옆에 누워 젊은 연인을 꿈꾸
고, '마지막 숨은 언제가 될까?'라고 생각하며 남편의
숨을 세는 밤을.

　브리지트 드클로가 장롱을 열었다. 나는 그 안에 차
곡차곡 쌓인 시트 더미 아래 현금이 잔뜩 감춰져 있을
거라고 짐작했다. 이 고장 사람들은 은행에 돈을 맡기
지 않으니까. 모두가 자신의 재산을 귀한 자식처럼 곁
에 두고 보관한다. 나는 탐욕의 섬광이 번뜩이지 않는
지 보려고 마르크 오네의 표정을 살폈다. 오네 집안은
전혀 부자가 아니기 때문이었다. 마르크의 아버지는
열네 자식 중 맏이였고, 그의 몫으로 떨어진 땅은 그리
넓지 않았다. 하지만 웬걸! 마르크 오네는 돈이 눈에
들어오자 급히 얼굴을 돌리고는 창가로 가서 눈 앞에
펼쳐진 풍광을 오랫동안 내다보았다. 환한 밤이라 골
짜기와 숲이 선명히 드러났다. 바람이 구름과 안개의
마지막 원자까지 빨아들이는 것 같은, 그런 삼월의 밤
중 하나였다. 별들이 생기 넘치고 예리한 빛을 발했다.

　"콜레트는 어떻게 지냅니까? 오늘 그녀를 만났습니
까?" 내가 물었다.

　"잘 지내고 있어요."

　"남편은?"

　"남편은 집에 없어요. 느베르에 갔는데, 내일 돌아온
대요."

　브리지트는 내 질문에 대답하면서도 젊은 남자의 얼

굴에서 눈을 떼지 않았다. 키가 아주 크고 피부가 짙은 갈색인 마르크 오네는 딱히 난폭하다고 할 수는 없지만 약간의 야생적인 유연함과 힘의 기운을 온몸에서 뿜어낸다. 머리카락은 검고, 이마는 좁으며, 조밀하고 약간 날카로운 치아는 아주 희다. 그는 어두운 그 방에 들어서면서 봄 숲의 향기, 내 가슴을 행복으로 부풀게 하고 내 늙은 뼈를 생동하게 하는 싱싱하고 떫은 향기를 실어 왔다. 나는 밤새 숲속을 걷고 싶었다. 쿠드레를 나선 나는 집으로 돌아가기가 견딜 수 없을 정도로 싫었다. 그래서 저녁이나 얻어먹고 가려고 물랭뇌프로 발길을 옮겼다. 나는 이번에는 인적이 전혀 없는, 스산한 바람만 불어대는 신비스러운 숲을 가로질렀다.

나는 강으로 다가갔다. 풍차 바퀴가 돌아가는 낮 말고는 한 번도 그곳에 와본 적이 없었다. 낮에 풍차 바퀴가 돌아가는 힘차고 부드러운 소리는 마음을 진정시켜 준다. 그런데 그 밤의 고요는 왠지 낯설게 느껴졌고, 일종의 불안감을 불러일으켰다. 무심결에 귀를 쫑긋 세우고 소리 하나하나를 염탐하게 되지만, 들려오는 것이라곤 으르렁거리며 흐르는 강물 소리뿐이었다. 나는 물, 어둠, 축축하게 젖은 풀잎의 차가운 냄새가 훅 끼치는 구름다리를 건넜다. 밤이 너무 밝아 급히 흐르는 작은 물마루들이 하얗게 변하는 게 보였다. 2층 등이 환하게 켜져 있었다. 콜레트가 남편을 기다리는 모양이었다. 구름다리의 판자들이 내 발아래에서 삐걱거렸다. 콜레트가 그 소리를 들었는지 문이 벌컥 열렸고, 나는 콜레트가 나를 향해 달려오는 걸 보았다. 하지만 그녀는 내게서 몇 걸음 떨어진 곳에 갑자기 멈춰

서더니 변한 목소리로 물었다.

"거기 누구세요?"

내가 이름을 밝히고 덧붙였다.

"장을 기다리고 있었던 모양이지?"

콜레트는 대답하지 않았다. 그녀가 천천히 다가와서 내가 입을 맞출 수 있게 이마를 내밀었다. 그녀는 맨머리에 방금 침대에서 나온 듯 가벼운 가운을 걸치고 있었다. 그녀의 이마는 뜨거웠다. 그녀의 거동 전체가 너무나 이상해 보여서 의심 하나가 나를 스치고 지나갔다.

"나 때문에 방해가 됐니? 저녁이나 얻어먹고 갈 생각이었는데."

"그게 아니라…… 저녁 대접할 수 있으면 저야 좋지만, 아저씨가 오실 줄 모르고 있어서……. 제가 몸이 좀 안 좋고…… 장도 집에 없고…… 하녀도 집에 보내버리고 저도 침대에 누워 우유 한 잔으로 저녁을 때웠어요."

콜레트는 말을 하면서 점점 안정을 되찾았다. 그녀는 결국 아무래도 감기에 걸린 것 같다는 아주 그럴싸한 이야기를 나에게 들려주었다. 손과 뺨을 만져보면 자신에게 열이 약간 있다는 걸 알게 될 거라면서. 하녀는 읍에 있는 딸네에 가서 다음날이 되어야 돌아오기로 되어 있었다. 그녀는 죄송하다고 사과했다. 하지만 그래도 달걀 두 개와 과일 하나로 요기라도 하시겠다면…… 하고 웅얼거렸다. 그래도 나에게 들어오라고 권하는 몸짓을 하지는 않았다. 오히려 결연한 태도로 문을 막고 있었고, 더 가까이 다가간 나는 그녀가 온몸을 부들부들 떨고 있는 것을 느꼈다. 그녀가 가여웠다.

"달걀 두 개로는 안 될 것 같다. 배가 무척 고프거든. 게다가 얼음장 같은 바람이 부는 이 구름다리 위에 너를 더 오래 붙들어두고 싶지도 않구나. 가서 다시 누우렴. 다음에 다시 들르마."

내가 달리 무엇을 할 수 있었을까? 나는 그녀의 아버지도 남편도 아니었다. 진실을 말하자면, 나 역시 지금에 와서 엄한 모습을 보일 권리가 없을 정도로 젊은 시절에 미친 짓을 많이 했다. 게다가 사랑은 얼마나 아름다운 미친 짓인가! 사람들이 일반적으로 그 대가를 너무 톡톡히 치르기 때문에 자기 자신에게나 다른 사람들에게나 그것을 별것 아닌 것으로 치부해서는 안 된다는 점을 차치하고라도 그랬다. 그렇다, 우리는 늘 그 대가를 치른다. 가끔은 아주 자잘한 미친 짓에 어마어마하게 큰 대가를 치르기도 한다. 속담은 말한다, 어미 양을 훔치고 교수형을 당하나 새끼 양을 훔치고 교수형을 당하나 매한가지라고. 물론 부부가 사는 집에 외간 남자를 들이는 건 미친 짓이다. 하지만 또한, 그런 날 밤, 발아래 강물이 흐르고 들키면 어떡하나 하는 두려움이 가슴을 옥죌 때, 정부情夫의 품에 안기는 건 얼마나 큰 쾌락이겠는가! 콜레트가 기다린 남자는 누구였을까?

나는 생각했다. '지금 쿠드레로 돌아가면 드클로 영감이 포도주 한 잔과 치즈 한 조각쯤은 내놓을 거야. 그 젊은 녀석이 거기 없다면, 여기서나 거기서나 정부 노릇을 하는 게 그 녀석일 가능성이 매우 커. 멋진 녀석이긴 하지. 드클로는 늙었고, 장은, 불쌍한 장은 결혼식 날 밤에 이미 아내가 바람난 남편의 얼굴을 하고 있었어. 사람은 자기 팔자를 타고 나지. 어쩔 수가 없어.'

콜레트는 숲 입구까지 날 배웅해 주려고 했다. 그녀는 몇 차례 돌부리에 발이 걸려 비틀대다 내 팔을 붙들었다. 그때 닿은 그녀의 손은 얼음처럼 차가웠다.

"이런, 이제 들어가 봐. 이러다 병 걸리겠다."

"화가 나진 않으셨죠?" 콜레트가 나에게 물었다.

그녀가 내 대답을 기다리지 않고 낮은 목소리로 다시 말했다.

"엄마 만나시면, 제발 부탁인데, 아무 말씀 말아주세요. 제가 많이 아프다고 믿고 걱정하실 거예요."

"널 만났다는 얘기조차 하지 않으마."

콜레트가 내 품으로 뛰어들었다.

"정말 사랑해요, 실비오 아저씨! 아저씨는 모든 걸 이해해 주세요."

그것은 자백이나 다름없었다. 나는 그녀에게 경고하는 게 내 의무라고 느꼈다. 하지만 내가 "네 남편, 네 아이, 네 집"이라는 말을 꺼내자마자 그녀는 흠칫 뒤로 물러서며 고통과 증오에 찬 목소리로 외쳤다.

"알아요, 안다고요, 나도 다 알아요! 하지만 나는 남편을 사랑하지 않아요. 다른 사람을 사랑해요. 우릴 그냥 가만히 내버려 두세요. 이건 아무하고도 상관없는 일이에요." 콜레트가 힘겹게 이렇게 말하고는 쏜살같이 달아나 버리는 바람에 나는 꺼낸 말을 마칠 시간조차 없었다.

참으로 이상한 광기가 아닌가! 스무 살 시절의 사랑

은 일종의 열병, 착란과 흡사하다. 그것이 끝나면 우리는 다른 것들은 기억조차 하지 못한다. 금방 식어버리는 피의 뜨거움. 그 꿈과 욕망의 화염 앞에서 나는 나 자신이 너무 늙어버렸고, 너무나 차갑게 식었고, 너무나 철이 들었다고 느꼈다.[1]

다시 쿠드레로 돌아온 나는 주방 창문을 두드리고는 길을 잃어 다시 돌아왔다고 둘러댔다. 내가 어릴 적부터 숲을 돌아다닌 걸 잘 아는 드클로 영감은 순순히 나에게 방 하나를 내어주었다. 나는 체면 차리지 않고 요깃거리를 찾아 나섰다. 내 발로 부엌으로 가서 하녀에게 수프나 한 접시 달라고 했다. 하녀는 군말 없이 수프에다 큼직한 치즈 조각과 빵 한 덩어리까지 얹어주었다. 나는 그것들을 챙겨 불가로 돌아왔다. 전기를 아끼느라 방 안에는 난롯불의 빛 외에 다른 빛은 없었다.

나는 마르크 오네는 어디 있느냐고 물었다.

"갔소이다."

"저녁은 같이 먹고 갔나요?"

"그렇지 뭐." 영감이 구시렁거렸다.

"그 친구, 자주 보세요?"

드클로 영감은 내 말을 못 들은 척했다. 그의 아내는 손에 바느질거리를 들고 있었지만, 바느질은 하지 않고 있었다. 영감이 그녀에게 거칠게 소리쳤다.

"바느질한답시고 앉아만 있군!"

"어두워서 하려 해도 할 수가 있어야죠." 그녀가 딴

---

1 (원주) 2005년 이전에 알려진 유일한 원고, 이렌의 남편 미셸 엡슈타인이 타자기로 친 원고는 여기서 중단된다.

생각에 빠져 낮은 목소리로 투덜거리고는 나에게 물었다.

"물랭뇌프에는 아무도 없던가요?"

"모르겠소. 거기까진 안 올라가 봤으니까. 숲이 너무 깜깜해서 벗어날 수가 없었소. 발을 헛디뎌 늪에 빠질까 봐 겁도 났고."

"숲에 늪이 있어요?" 그녀가 건성으로 물었다. 그러고는 내가 흘낏 쳐다보자 장난을 치는 것 같은, 남몰래 기쁨을 맛보는 것 같은 표정을 지으며 빙긋이 웃었다. 그러고는 바느질거리를 탁자 위에 던지고는 무릎 위에 두 손을 모으고 고개를 숙인 채 가만히 있었다.

하녀가 들어왔다.

"침대에 새 시트를 깔아놨어요." 그녀가 나에게 말했다.

드클로 영감은 잠이 든 듯 보였다. 그는 말을 하지도 움직이지도 않은 채 입을 헤 벌리고 오랫동안 그 자세로 있었다. 움푹 들어간 뺨, 창백한 낯빛 탓에 마치 죽은 사람처럼 보였다.

"방에 불도 지폈어요. 요즘 밤 날씨가 쌀쌀해서……."

하녀가 이렇게 덧붙이다가 브리지트가 벌떡 일어나자 냉큼 입을 다물었다. 브리지트는 몹시 동요된 듯 보였다. 우리는 영문을 몰라 그녀를 쳐다보았다.

"무슨 소리 못 들었어요?" 잠시 후 브리지트가 물었다.

"아뇨. 무슨 소리가 났나요?"

"잘은 모르겠어요……. 얼핏…… 제가 잘못 들었는지 모르지만…… 비명을 들은 것 같아요."

나는 귀를 기울였다. 하지만 시골 밤을 짓누르다시 피 하는 무거운 적막만 흘렀다. 심지어 바람 소리도 들 려오지 않았다.

"아무 소리도 안 들려요." 내가 말했다.

하녀가 방을 나섰다. 나는 곧장 자러 가지 않았다. 나는 몸을 떨다가 손을 비비며 불가로 다가가는 브리 지트를 쳐다보았다. 그녀의 눈길이 내 눈길과 마주쳤 다. 그러자 그녀가 기계적으로 중얼댔다.

"맞아요, 요즘 밤 날씨가 정말 쌀쌀해요."

브리지트가 난롯불에 손을 데우려는 듯 앞으로 내밀 었다. 잠시 후, 그녀는 내가 거기 있다는 사실을 잊은 듯 모은 손가락 사이로 얼굴을 묻었다. 바로 그 순간, 정원 울타리 문이 삐걱거렸다. 누가 현관 앞 층계를 올 라와 초인종을 눌렀다. 내가 열어주러 나갔다. 인근 농 장의 꼬마가 현관 문턱에 서 있었다. 이런 꼬마들은 몇 몇 부잣집에만 전화가 있는 그 고장에서 불행을 전하 는 사자使者들이었다. 농부들은 누가 한밤중에 중병으 로 쓰러지거나 사고를 당하거나 혹은 죽으면 '어린 사 환', 침착한 목소리로 소식을 전하는 분홍색 뺨을 가진 어린 하인을 급파했다. 꼬마는 챙 모자를 벗고 공손하 게 인사를 한 다음, 브리지트를 향해 돌아서서 말했다.

"죄송한데요, 부인, 물랭뇌프의 주인어른이 강에 빠 졌답니다."

우리의 질문에 꼬마가 내놓은 답변의 내용은 대충 이러했다. 느베르에서 예상보다 일찍 돌아온 장 도랭 이 집 아래 목초지에 자동차를 세웠다. 몸이 안 좋은 아내가 자동차 소리에 깰까 봐 그랬을까? 그런데 그가 구름다리를 건너다가 갑자기 현기증을 느꼈던 모양이었다. 다리는 넓고 튼튼했지만, 난간이 한쪽에만 있었다. 그래서 그가 물에 빠졌는데, 그의 아내는 그가 돌아오는 소리를 듣지 못했다. 그녀는 자고 있었는데, 장도랭이 물에 빠지면서 내지른 비명이 그녀의 잠을 흔들어 놓았고, 곧바로 일어난 그녀는 바깥으로 뛰쳐나갔다. 그녀가 남편을 찾아봤지만 헛일이었다. 깊은 강물에 순식간에 떠내려간 게 분명했다. 그녀는 목초지에 세워져 있는 자동차를 알아보았고, 그래서 조금 전에 강물에 빠진 사람이 자신의 남편이라고 확신했다. 절망에 빠진 그녀가 이웃 농장까지 달려가 도움을 청했다. 지금 남자들이 시신을 찾고 있지만, "그 가엾은 부인의 어머니께서 딸을 혼자 두면 안 되겠다고 생각했는지 친구분 되시는 드클로 부인에게 곁을 지켜주시면 좋겠다고 부탁하셨어요." 꼬마가 이렇게 마무리했다.

"당장 갈게." 브리지트가 말했다.

브리지트는 큰 충격을 받은 듯 보였다. 그녀의 목소리는 차갑고 무거웠다. 그녀가 시끌벅적한 대화에도 잠에서 깨지 않는 남편의 어깨를 가볍게 두드렸다. 그가 눈을 뜨자, 그녀가 무슨 일이 있었는지 설명했다. 그는 아무 말 없이 설명을 들었다. 아마 그는 설명의 반밖에 이해하지 못했거나 한 젊은 남자의 죽음, 일반적으로 자기 죽음 외에 다른 어떠한 죽음에 대해서도 별반 관심이 없었을 것이다. 그것도 아니면 자신의 생각을 말하고 싶지 않았거나. 그가 힘겹게 한숨을 내쉬며 일어났다.

"이 모든 건…… 이 모든 건……." 그가 마침내 입을 열었다.

그는 말을 마치지 않았다.

"난 올라가서 잠이나 자야겠어."

그가 문턱에 서서 의미심장해 보이는, 거의 위협적인 표정을 지으며 다시 말했다.

"이 모든 건 당신들 일이야. 그러니 난 엮어 넣지 마, 알았어?"

나는 브리지트를 따라 물랭뇌프로 갔다. 불빛들이 이리저리 돌아다니며 어둠 속에서, 물 위에서 엇갈렸다. 남자들이 시신을 찾고 있었다. 집의 문들이 모두 열려 있었고, 이웃들이 실신한 콜레트와 자지러지게 우는 아이를 돌보고 있었다. 다른 사람들은 장롱들을 뒤져 시신을 덮는 데 사용할 시트를 꺼냈다. 농장 청년들이 부엌에 모여 강 하류를 뒤지기 위해 날이 밝기를 기다리며 빵을 뜯어 먹고 있었다. 사람들은 익사자가 거기까지 떠내려가 긴 수풀에 걸려 있으리라고 예상했다.

여자들이 콜레트를 에워싸고 잠시도 놓아주지 않았기 때문에, 나는 그녀를 잠시밖에 볼 수 없었다. 그 시골 여자들은 아이의 탄생이나 갑작스러운 죽음 같은 공짜 구경거리를 놓칠 마음이 전혀 없었다. 그들은 웅성거리며 의견과 충고를 내놓았고, 옷을 반쯤 벗은 채 물속을 뒤지는 남자들에게 마실 것을 가져다주었다. 나는 방앗간을 이리저리 돌아다녔다. 커다란 벽난로, 엘렌이 사랑을 담아 고른 예쁜 고가구, 깊은 알코브[1], 각종 꽃, 그리고 꽃무늬 무명천 커튼으로 장식된 안락하고 넓은 주거용 방들을 열어보았다. 집 왼쪽에 실종된 가엾은 젊은이의 공간인 방앗간이 있었다. 그의 몸은 아마 물속에서 떠다니고 있을 테지만, 그 영혼의 작은 조각이 땅 위로 돌아온다면 분명히 거기, 그 기계, 곡식 자루, 저울, 그 모든 보잘것없는 장식 사이에 있을 게 분명했다. 내가 물랭뇌프를 방문했을 때 그 청년은 그의 아버지가 다시 지은 방앗간을 나에게 구경시켜 주며 얼마나 뿌듯해했던가. 나에게는 곁에 있는 그가 거의 보이는 듯했다. 내가 지나가다가 뭔지 모를 기계에 살짝 부딪혔는데, 그 기계가 갑자기 너무나 깊은 탄식조로, 너무나 예기치 못한 방식으로, 너무나 이상한 방식으로 삐걱거리는 바람에 나는 이렇게 중얼거리지 않을 수 없었다.

"불쌍한 친구, 거기 와 있나?"

그러자 갑자기 사방이 조용해졌다. 나는 내가 따로 연락을 취한 프랑수아와 엘렌을 기다리기 위해 다시 주거용 방들 쪽으로 내려갔다. 그들이 도착했고, 그러자 곧 분위기가 진정되었다. 소란과 혼돈이 고통을 달래는 장례의 수군거림으로 대체되었다. 프랑수아와 엘렌은 좋은 말로 이웃들을 돌려보냈다. 그들은 창문과 덧창을 닫고, 불빛을 줄이고, 시신이 안치될 방을 꽃으로 장식했다. 날이 밝자, 남자들이 예상했던 대로 강하류에서 수풀에 걸려 있는 장 도랭의 시신을 발견했다. 작은 무리가 입을 꾹 다문 채 시트에 덮여 들것에 실린 형체 하나를 짊어지고 방앗간으로 들어왔다.

---

1 침실의 벽을 파서 침대를 들여놓는 공간.

6

그저께 장 도랭을 매장했다. 비가 내리고 추운 날, 장례식은 아주 오랫동안 이어졌다. 방앗간은 매물로 내놓았다. 콜레트는 프랑수아가 관리할 수 있는 땅만 간직했고, 부모 집에 들어가 살기로 했다.

오늘, 장 도랭의 영혼을 달래는 미사가 거행되었다. 온 가족이 모였고, 검은색 정장을 차려입은 말 없고 무심한 군중이 성당을 가득 채웠다. 콜레트는 그동안 많이 아팠다. 오늘 미사를 올리기 위해 처음으로 자리에서 일어났고, 미사를 올리는 중에 다시 실신했다. 나는 그녀에게서 멀지 않은 곳에 있었다. 나는 문득 그녀가 검은 베일을 걷어 올리고 머리 위쪽에 있는 십자가에 못 박힌 그리스도를 뚫어지게 쳐다보는 것을 보았다. 그녀가 약한 비명을 내지르는가 싶더니 앞으로 쓰러져 양팔에 얼굴을 묻었다. 미사가 끝나고, 나는 그녀의 부모 집에서 점심을 먹었다. 콜레트는 식당으로 내려오지 않았다. 나는 그녀를 잠시 보고 오겠다고 했다. 콜레트는 아기를 데리고 자기 방 침대에 누워 있었다. 우리 둘뿐이었다. 나를 본 그녀가 눈물을 흘리기 시작했다. 하지만 내 질문에는 일체 대답하려 하지 않았다. 그녀는 부끄럽고 절망스러운 표정을 지으며 고개를 돌렸다.

나는 결국 그녀를 내버려 두고 방을 나왔다. 프랑수아와 엘렌은 날 기다리며 천천히 정원을 거닐고 있었다. 그들은 그새 많이 늙었고, 내가 무척 좋아했고 때로는 내 가슴을 따뜻하게 데워주기도 했던 그 평온한 표정을 상실했다. 인간이 자신의 삶을 만들어 가는지는 잘 모르겠지만, 한 인간이 산 삶이 결국 그를 바꾸어 놓는다는 사실만은 확실한 듯하다. 평온하고 아름다운 생활은 얼굴에 일종의 부드러움과 엄숙함, 초상화에서 볼 수 있는 것과 같은 따뜻하고 부드러운 색조를 부여한다. 하지만 그 이목구비에서 그윽함과 진지함이 지워질 때, 우리는 그 아래에서 슬프고 불안에 찬 영혼을 보게 된다. 가엾은 사람들! 모든 약속이 여물어 마침내 그 아름다운 과일이 떨어지는 완벽한 순간, 자연이 여름의 끝에 도달해 금방 그것을 스쳐 지나가는 순간이 있다. 그러면 가을비가 내리기 시작한다. 이것은 사람에 대해서도 마찬가지다.

에라르 부부는 콜레트 일로 걱정이 이만저만이 아니었다. 당연히 그들은 딸이 가엾은 장의 죽음으로 큰 충격을 받은 것은 이해했지만, 그래도 그녀가 하루빨리 슬픔을 딛고 일어서기를 바랐다.

그러나 그들의 바람과는 반대로, 콜레트는 하루가

다르게 쇠약해져 갔다.

"내 생각에는 저 아이가 여기 머물면 안 될 것 같아요. 이 집에서 장을 만났고 또 결혼까지 했으니 걸음을 내디딜 때마다 추억이 떠오를 테고, 무엇보다 우리 때문에 그래요." 프랑수아가 근심 어린 표정으로 말했다.

"그게 무슨 말이에요? 난 당신이 무슨 말을 하고자 하는지 이해할 수가 없네요." 엘렌이 살짝 언성을 높이며 말했다.

프랑수아가 엘렌의 팔을 잡고는 그녀가 절대 거스르지 못하는 부드러운 권위가 담긴 표정을 지으며 말했다.

"우리 자신, 우리가 살아가는 모습, 우리에게 있는 좋은 모든 것, 이 모든 게 저 아이의 슬픔을 더 생생하게 만들고 있어요. 자신이 무엇을 잃어버렸는지 더욱 실감하게 되는 거지. 콜레트는 우리를 보면서 그것을 더 절실하게 느끼고 있어요. 가엾은 아이. 가끔은 눈길이 얼마나 슬퍼 보이는지 내가 견딜 수가 없다니까. 솔직히 털어놓건대, 콜레트는 늘 내가 자식 중에 가장 아끼는 아이였어요. 등을 떠밀어서라도 여행을 떠나게 만들고 싶었지. 하지만 저 아이는 우리 곁을 떠나길 거부하고 있어요. 아무도 만나려고 하질 않아요."

엘렌이 끼어들었다.

"지금 당장 저 아이에게 필요한 건 기분 전환이 아니라-물론 받아들이지도 않겠지만-몰입할 수 있는 일거리예요. 저 아이가 왜 방앗간을 팔겠다고 결정했는지 참 아쉬워요. 아들에게 물려줄 재산이니 지킬 뿐 아니라 불려야 했어요."

"그게 무슨 소리요? 저 아이 혼자 방앗간을 지켜나 갈 수는 없었을 거예요."

"왜 혼자예요? 우리가 도와줬을 거고, 우리가 힘이 달리면 형제 중 하나가 아이가 자랄 때까지 방앗간을 맡아 운영할 수도 있었을 거예요. 무언가에 몰두하는 것만이 콜레트를 치유할 수 있어요."

"아니면 다른 사랑이나." 내가 넌지시 말했다.

"다른 사랑? 물론이죠. 하지만 다른 사랑 – 올바르고 건전한, 진짜 사랑 말이에요 – 이 찾아오게 하는 최선책은 그것을 너무 생각하지도, 부르지도 않는 거예요. 안 그러면 착각하게 되니까요. 우리는 제일 먼저 다가오는 가장 천한 얼굴에 사랑이라는 가면을 씌우죠. 나도 콜레트가 나중에 재혼하기를 진심으로 바라지만, 우선은 마음의 안정부터 되찾아야 해요. 그런 다음에는 아직 젊으니까 자연스럽게 또다시 불쌍한 장처럼 선량한 청년을 사랑하게 될 거예요."

그들은 콜레트의 미래를 두고 이렇게 계속 대화를 이어갔다. 그들은 자신 있고 마음 편한 확신의 어조로 말했다. 콜레트는 그들의 자식이었다. 그들이 콜레트를 낳았다. 그들은 딸의 꿈까지 속속들이 알고 있다고 믿었다. 그들은 끝으로 딸이 남아 있는 땅에, 일에, 수확에, 그녀가 아들을 위해 지켜야 할 의무가 있는 그 모든 재산에 관심을 가질 수 있도록 온 힘을 모으기로 했다. 내가 그 집을 나섰을 때 그들은 집 앞, 그들의 침실 창문 아래에 있는 벤치, 내가 예전에 밤마다 작은 발소리에 귀를 기울이며 아주 오랫동안 앉아 있었던 바로 그 벤치에 앉아 있었다.

7

드클로 영감의 병세가 점점 나빠지고 있다. 브리지트의 간청으로 왕진을 온 크뢰조의 의사는 수술을 권했다. 영감은 수술에 비용이 얼마나 드는지 알고 싶어했다. 의사가 액수를 말했다. 그러자 영감은 내 어머니가 돌아가신 후에 로슈의 작은 땅을 두고 내 집에서 흥정을 벌였을 때처럼 한참 동안 아무 말 않고 생각에 잠겼다. 내 기억에 당시 그는 나에게 원하는 가격을 물어보고는 눈을 감은 채 입을 다물고 있다가 "좋소, 그 가격으로 합시다"라고 말했다. 그때 그는 가난했다. 약간 차이는 있지만, 우리의 나이는 거의 비슷했다. 24헥타르의 땅을 사는 건 그에게 아주 큰 건이었다. 마찬가지로 의사가 수술 비용으로 만 프랑이 들 거라고, 수술이 잘 되면 3년, 4년, 아마도 5년까지 더 살 수 있을 거라고 말했을 때, 그는 그 한해 한해의 가치를 계산해보고, 그것들이 그렇게 큰돈을 내고 살 정도로 아름답거나 좋지는 않을 거라고 생각한 모양이었다. 그래서 그는 수술을 거부했다. 의사가 집을 나서자 그는 아내에게 자신의 아버지도 유사한 병으로 죽었다고, 기껏해야 몇 달밖에 버티지 못했는데 많이 고통스러워했다고 말했다. 그러고는 이렇게 결론지었다.

"괜찮아, 고통도 익숙해지는 법이니까."

사실, 우리 농부들은 가능한 한 힘들게 사는 데에 일종의 천재성을 지니고 있다. 그들은 아무리 부자라도 흔들리지 않는 결단력으로 쾌락을, 심지어 행복조차 멀리한다. 아마 쾌락과 행복이 선사하는 헛된 약속을 불신하기 때문인 것 같다. 내가 알기로 드클로 영감은 브리지트와 결혼한 날 딱 한 번 그 원칙을 어겼다. 모르긴 해도, 그는 크게 후회했을 것이다. 그는 크리스마스 즈음에 죽을 준비를 하고 있다. 남몰래 자신의 사업들을 정리하고 있다. 틀림없이 그의 젊은 아내가 재산을 물려받을 것이다. 아내가 자신을 속이고 있다는 걸 뻔히 알면서도 그는 그 불륜 행각이 사람들의 의심을 사지 않게 하려고 조심스럽게 행동할 것이다. 그것은 자존심이 걸린 문제인 동시에 자기 식구에 대한 충심, 이 고장에서 남편과 아내를, 자식들과 아버지를 이어주고 추문이 없게, 아무도 아무것도 모르게 모든 증오를 덮어버리는 일종의 연대감이 걸린 문제다. 그들이 바라는 건 사람들의 인정이 아니다. 그들은 그러기에는 너무나 비사교적이고 오만하다. 그들은 구설에 휘말리는 것을 두려워한다. 사람들이 그들의 삶에 대해 이러쿵저러쿵 입방아를 찧어대는 걸 무엇보다 싫어한다. 자신에게 타인의 눈길이 쏠리는 게 그들에게는 견딜 수 없는 정신적 고통이다. 그것이 그들을 허영심에 빠져들지 않게 한다. 그들이 원하는 건 시샘과 불평의 대상이 되는 게 아니라, 사람들이 그들을 그냥 가만히 내버려 두는 것이다. 그게 그들의 소망이다. 그들에게는 그것이 행복과 같은 말이다. 아니 그보다는, 그것이 그들에게는 애초부터 없는 행복을 대체한다. 나는 콜레트와 그녀를 과부로 만든 사고에 대해 한 할머니가 이렇게 말하는 걸 들은 적이 있다.

"안됐어, 정말 안됐어……. 따님이 방앗간에서 정말 아무 일 없이 지냈는데……."

아무 일 없이…… 그 할머니에게 그것은 그녀가 인간의 행복에 대해 상상할 수 있는 모든 것이었다.

드클로 영감 역시 그가 지상에 머무는 나날 동안, 그리고 그 후에도 아무 일 없기를 바라고 있다.

8

가을이 일찍 찾아왔다. 나는 해가 뜨기 전에 일어나 들판을, 대대로 우리 집안 땅이었지만 지금은 다른 사람들의 손에 넘어간 밭들 사이를 거닌다. 그래서 마음이 아프다고 말할 수는 없다. 가끔 속이 살짝 쓰리기는 해도……. 나는 큰돈을 벌기 위해 돌아다니느라 잃어버린 시간을, 캐나다에서 말을 사고 태평양에서 코프라[1]를 밀매하며 보낸 세월을 후회하지 않는다. 이 고장이 나에게 불어넣었던 숨 막힐 듯한 권태감과 어디론가 훌쩍 떠나고 싶은 욕망, 나는 스무 살 시절에 그것들을 너무나 강렬하게 느꼈기 때문에 아마 이곳에 계속 머물러야 했다면 죽고 말았을 것이다. 당시 내 아버지는 이 세상 사람이 아니었고, 어머니는 나를 붙들 수 없었다. 여비를 마련해 달라고, 제발 좀 떠나게 해달라고 애원했을 때 어머니는 기겁한 표정으로 이렇게 말

1 코코넛 야자열매 알맹이를 말린 것.

했다. "그건 병 같은 거란다. 조금만 참아봐, 지나갈 테니."

또 이렇게도 말했다.

"고냉네나 샤를네 아들내미가 여기 있는 것보다 덜 행복하리라는 것을 뻔히 알면서 도시로 나가 노동자가 되고 싶어 해서 내가 정신 차리라고 잔소리를 하면 '그래도 뭔가 달라지기는 하잖아요'라고 대답하더니, 너도 똑같구나."

아닌 게 아니라, 그게 바로 내가 원한 것이었다. 변화! 내가 이곳에서 빌빌거리는 동안 사는 것처럼 살 수 있는 그 넓은 세상을 생각하면 피가 뜨거워졌다. 그래서 나는 떠났고, 지금은 시골 촌놈인 데다 한곳에 머무는 걸 좋아하는 내가 무슨 귀신이 씌어서 그렇게 서둘러 집을 떠났는지 이해할 수가 없다. 콜레트 도랭이 언젠가 나에게 목신을 닮았다고 말한 적이 있다. 더는 젊은 요정들 꽁무니를 쫓아다니지 않고 한구석에 불을 피워놓고 숨어 지내는 늙은 목신. 내가 불가에서 얻는 즐거움을 어떻게 표현해야 할까? 나는 손 닿는 곳에 있는 소박한 것들을 즐긴다. 예를 들면 맛있는 식사, 좋은 포도주, 혼자 이것저것 끄적이면서 냉소적이고 비밀스러운 쾌감을 맛보는 공책, 그리고 무엇보다 이 신성한 고독 같은 것들을. 지금 나에게 무엇이 더 필요하겠는가? 하지만 스무 살 시절에는 얼마나 뜨겁게 타올랐는지……! 그 불은 우리 안에서 어떻게 피어나는 걸까? 그 불은 몇 달 만에, 몇 년 만에, 가끔은 몇 시간 만에 모든 걸 집어삼킨다. 그러고는 훅 꺼져버린다. 그러고 나면 그 참담한 흔적을 하나하나 꼽아보게 된다.

더는 사랑하지 않는 여자에게 매여 있거나, 나처럼 파
산했거나, 아니면 식료품점 주인이 될 팔자로 태어났
으면서 화가가 되기 위해 파리로 올라가고 싶어 안달
하다가 병원에서 삶을 마감하는 자신을 발견하게 된
다. 그 불로 인해 자신의 심원한 본성과는 정반대되는
방향으로 나아가 버린, 이상하게 틀어져 버린 그런 삶
을 살지 않은 이가 어디 있겠는가? 우리는 모두 내 벽
난로에서 타고 있는, 화염이 자기 좋을 대로 뒤틀어 버
리는 저 나뭇가지들과 어느 정도 닮아 있다. 어쩌면 이
렇게 일반화하는 내가 틀렸는지도 모른다. 스무 살에
이미 아주 현명한 사람들도 있지 않은가. 하지만 나는
그들의 현명함보다 내 지나간 광기가 더 마음에 든다.

콜레트가 프랑수아의 뜻에 따라 자기 소유지를 직접
관리하기로 했다고 한다. 프랑수아의 표현을 그대로
빌리자면, 그녀가 자기 자신의 관리자가 될 것이다. 그
렇게 되면 그녀는 어쩔 수 없이 외출하고, 사람들을 만
나고, 아들의 이익을 지키기 위해 가끔은 싸워야 할 것
이다. 엘렌은 콜레트의 마음을 돌려놓기 위해 막내 룰
루에게 공부를 시키려고 놀이를 그만두게 했을 때처럼
능숙하게, 그리고 애정을 담아 설득에 설득을 거듭했
다. 이제 콜레트에게도…… 놀이는 끝났다.

9

드클로 영감이 죽었다. 그는 크리스마스까지 버티지 못했다. 몇 주를 남기고 심장이 멎었다. 이제 그의 젊은 아내는 부자가 됐다. 그녀를 거둬 키워준 그 착한 세실이 죽었을 때 그녀에게 재산이라고는 쿠드레밖에 없었다. 달리 말해, 무일푼이었다는 뜻이다. 집은 폐허로 변해 있었고, 땅들은 팔려나갔다. 드클로 영감이 쿠드레를 샀다. 그가 브리지트에게 푹 빠진 건 그때였다. 그가 쿠드레를 조금씩 손봐서 지금 모습으로 가꿨다. 낡은 집을 허물고 이 고장에서 가장 아름다운 집을 지었다. 게다가 브리지트까지 아내로 삼았다. 당시 우리는 모두 브리지트가 운이 좋다고 생각했지만, 그녀는 아마 콜레트가 더 운이 좋다고 여겼을 것이다. 콜레트는 늙은 영감과 결혼하지 않아도 사랑을 받으며 행복하게 살 수 있었으니까. 하지만 죽음이 두 여자를 똑같이 만들어 놓았다. 두 사람도 그 사실을 알까……? 아니면 의심이라도 할까……? 천만에, 젊은이들은 자기

자신밖에 보지 못한다. 그들에게 우리는 무엇일까? 창
백한 그림자들. 그렇다면 우리에게 그들은?

10

비가 매일 내리는 이 계절에 나는 일요일마다 마을로 내려간다. 에라르 부부의 집 근처를 지나치지만 들르지는 않는다. 그 집 거실 창문 아래를 지날 때면 가끔 엘렌이 연주하는 피아노 소리가 들려오기도 한다. 또 가끔은 나막신을 신고 정원을 돌아다니며 만성절萬聖節에 무덤들을 장식하기 위해 마지막까지 남겨둔 장미와 불처럼 새빨갛게 물든 채 만발한 달리아를 따는 그녀가 보이기도 한다. 엘렌이 나를 알아보고 손을 흔든다. 울타리로 다가와 잠시 들어왔다 가라고 한다. 하지만 나는 사양한다. 최근 들어 사람들과 어울릴 기분이 아니다. 엘렌과 그 가족은 거친 부르고뉴 포도주에 길들여진 내 혀로는 더는 음미할 수 없는 디저트용 포도주, 뮈스카나 프롱티냥 같은 느낌을 나에게 준다. 그래서 나는 엘렌과 헤어져 헐벗은 나뭇가지에 맺혔다가 똑똑 떨어지는 가벼운 빗방울을 맞으며 마을로 내려간다. 마을은 조용하고 한적하며 우수에 젖어 있다. 이 계절에는 밤이 빨리 찾아온다. 나는 위령비가 서 있는 광장을 가로지른다. 선명한 분홍색과 푸른색으로 칠해진 병사 인형 하나가 보초를 서고 있다. 그 위쪽에 보리수와 시커멓게 변한 옛날 성벽들이 길게 늘어서 있는 산책로, 삭풍이 불어대는 허공을 향해 열리는 궁형의 문, 그리고 끝으로 성당 앞의 둥글고 작은 광장이 있다. 빵집 창문에 희미하게 비치는 황혼의 노을 속에, 원뿔 모양의 흰 종이 갓 아래 가려진 전등 밑에, 왕관 모양의 큼지막한 황금색 빵이 놓여 있다. 회색빛을 띤 가는 빗줄기 속에, 안개에 젖은 공기 속에, 공증사무소 현판들과 나막신 가게의 간판(나무를 요람과 비슷한 크기와 형태로 깎아 만든 거대한 나막신 모양)이 둥둥 떠다니는 것처럼 보인다. 그 맞은편에 부아야죄르 호텔이 있다. 내가 문을 밀고 들어가자 작은 방울 소리가 울린다. 이제 나는 연기에 그을어 시커멓게 변한 큼지막한 난로가 활활 타고 있는 카페에 들어와 있다. 사방에 걸린 거울에 대리석 탁자, 당구대, 곳곳에 구멍이 뚫린 가죽 소파, 흰 양말을 신은 알자스 출신 아가씨가 군인 두 명과 포즈를 취하고 있는 1919년 달력이 비친다. 농부 여덟 명이 일요일마다 그 카페에 모여 카드놀이를 한다. 의례적인 인사가 오간다. 포도주 병마개를 따는 소리, 식탁들 위에 놓인 싸구려 잔들이 부딪치는 소리가 들려온다. 내가 도착하자 사람들이 한 명씩 돌아가며 느려터진 목소리로, 이웃 부르고뉴 지방 사투리를 본뜬 투박한 말투로 인사를 건넨다.

"안녕하세요, 실베스트르 씨."

나는 나막신을 벗는다. 술을 주문하고는 홀 왼쪽의

늘 앉는 자리, 닭장과 세탁장, 그리고 비에 젖은 작은 정원이 내다보이는 창문 근처 자리에 가서 앉는다.

단잠에 빠진 아주 작은 마을, 가을 저녁나절의 고요가 흐른다. 맞은편 거울에 주름진 내 얼굴, 최근 몇 년 동안 신기할 정도로 많이 변해서 나조차도 거의 알아볼 수 없는 내 얼굴이 비친다. 휴! 동물적이고 부드러운 열기가 내 뼈를 파고든다. 나는 씩씩 소리를 내며 나를 멍하게 만드는 동시에 살짝 역한 냄새를 내뿜는 작은 난로에 대고 손을 비빈다. 문이 열리면서 챙 모자를 쓴 청년, 혹은 주말 나들이 차림으로 말끔하게 빼입은 남자, 혹은 어린 여자아이가 문턱에 모습을 드러낸다. 아이가 아빠를 데리러 왔는지 날카로운 목소리로 외친다.

"아빠, 여기 있어요? 엄마가 오래요."

그러고는 떠들썩한 웃음소리 속으로 사라진다.

드클로 영감도 몇 년 전에는 일요일마다 어김없이 이곳에 들렀다. 워낙 구두쇠라 소액이라도 돈이 걸리는 노름판에 끼지는 않았지만, 굳게 다문 입에 파이프를 물고 근처에 앉아 말없이 노름꾼들을 지켜보기는 했다. 누가 그에게 훈수를 청하면 마치 적선을 거절하기라도 하듯 작은 손짓으로 거부 의사를 밝히곤 했다. 그는 이제 죽어서 땅에 묻혔다. 지금 그의 자리에는 모자를 쓰지 않은 맨머리에 가죽 윗도리를 입은 마르크 오네가 보졸레 포도주병을 앞에 두고 앉아 있다.

다른 사람들과 무리 지어 술을 마실 때는 표시가 안 나지만, 홀로 술을 마실 때는 그 마시는 방식에서 은연중에 영혼의 바닥이 드러난다. 술잔의 굽을 손가락 사이에 끼고 돌린다거나, 병을 기울여 술을 따르며 술이 흘러내리는 것을 뚫어지게 쳐다본다거나, 술잔을 입으로 가져가다가 누가 부르는 소리에 소스라치게 놀라며 갑자기 술잔을 내려놓고는 부자연스럽게 작은 헛기침을 하며 다시 술잔을 집어서 마치 모든 걸 잊자는 듯 단숨에 마셔버리는 것은, 불안이나 잔인한 근심에 사로잡혀 심사가 어지러운 사람이 술을 마시는 방식이다. 다른 사람들도 모두 그것을 알아보았다. 농부 여덟 명은 카드놀이에 열중하는 척하지만 수시로 흘낏거리며 마르크 오네의 표정을 살핀다. 오네는 무심한 표정을 짓고 있다. 어둠이 내리깔린다. 카페 종업원이 커다란 구리 등을 켠다. 농부들이 카드를 밀어놓고 집으로 돌아갈 채비를 한다. 대화가 시작되는 순간이다. 사람들은 우선 날씨, 물가, 수확 얘기부터 나눈다. 그러다 누가 오네를 향해 돌아보며 말한다.

"여긴 오랜만이네요, 마르크 씨."

"드클로 영감 장례식 이후로 처음이지 아마." 다른 사람이 거든다.

오네는 모호한 손짓을 하고는 일이 있어서 바빴다고 중얼거린다.

사람들은 드클로 영감과 그가 남긴 재산, '이 고장에서 가장 좋은 땅' 얘기를 꺼낸다.

"그 영감, 농사에 대해서는 모르는 게 없었지……. 얼마나 구두쇠인지 단 한 푼도 허투루 쓰지 않았어. 이 고장 사람들한테 사랑받지는 못했지만, 농사 하나는 완전히 꿰뚫고 있었어."

침묵. 그들은 고인에게 그들이 할 수 있는 가장 아

름다운 찬사를 바쳤다. 어쨌거나 그들은 오네에게 그들이 살아 있는 사람보다는 죽은 사람, 젊은이보다는 늙은이, 연인보다는 남편의 편이라는 걸 알려준 셈이었다. 왜냐하면 분명히 다들 뭔가를 알고 있었으니까…… 적어도 브리지트와 관련해서는. 호기심으로 번뜩이는 눈길들이 마르크에게 고정된다.

"그의 부인." 누군가 마침내 말을 꺼낸다.

마르크가 고개를 들고 인상을 찌푸린다.

"그의 부인이 뭐요?"

조심스럽고 짧은 문장들이 파이프 담배 연기와 함께 농부들의 입에서 흘러나온다.

"그의 부인……. 영감과 나이 차가 많이 났지. 그녀와 결혼했을 때 그는 이미 부자였어. 반면에 그녀는……."

"폐허로 변해가는 쿠드레밖에 없었지."

"이 고장을 떠날 수밖에 없었을 텐데, 드클로 영감 덕분에 쿠드레를 지킬 수 있었어."

"그런데 그녀가 어디서 왔는지 들어본 적이 없어."

"세실 양이 낳은 애잖아. 누구 씨인지는 몰라도……." 누가 껄껄 웃으며 말했다.

"세실 양을 몰랐다면 나도 자네처럼 믿었을 거야. 그 불쌍한 여자는 그럴 사람이 아니었어. 성당 갈 때를 빼고는 집에서 거의 나오질 않았다니까."

"가끔 외출했잖아. 그거면 충분하지."

"그럴 수도 있지만, 세실 양은…… 그녀한테는 그런 요사스러운 구석이 없었어. 아냐, 어린 여자아이를 하녀로 쓰려고 양육원에서 데려왔다가 정이 들어서 입양한 거야. 드클로 부인이 멍청하진 않거든."

"그럼, 전혀 멍청하지 않지. 영감을 어떻게 구워삶았
는지……. 옷이며, 파리의 향수며, 여행이며, 원하는 것
이면 뭐든……. 사람을 다룰 줄 아는 거지. 그것뿐이
아냐. 말을 하려면 똑바로 해야지. 그녀는 농사일도 꿰
고 있어. 소작인들 말로는 그녀를 속이려 들었다가는
된통 당한대. 사람들에게 상냥하게 대하긴 하지만 말
이야."

"맞아. 도도하게 차려입기는 해도 말을 막 하지는 않
지."

"그래도 사람들이 뒤에서 수군대니까 조심해야지."

오네가 갑자기 눈을 치켜뜨더니 묻는다.

"뭘 조심해요?"

또다시 침묵. 사람들이 의자를 옮겨서 붙어 앉는다.
그렇게 마르크로부터 멀리 떨어져 앉음으로써 그들이
간파하는 것, 혹은 간파한다고 믿는 것에 대한 불만을
표시한다.

"행실을 조심해야지."

"내 생각이지만, 그녀는 사람들이 뭐라 하든 관심 없
어요." 마르크가 빈 잔을 손가락 사이에 끼고 빠르게
돌리면서 말한다.

"그야 모르죠, 마르크 씨, 그야 모르죠……. 그녀의
재산은 이 고장에 있고, 그녀는 이 고장에서 살아야 해
요. 사람들에게 손가락질을 당하면 그녀에게 좋을 게
없을 겁니다."

"다 팔아치우고 떠날 수도 있잖아." 농부 중 하나가
불쑥 말한다.

고냉 영감이다. 그의 땅은 죽은 드클로 영감의 땅과 이웃해 있다. 그의 지긋한 얼굴에 우리 고장 사람이 이웃의 재산을 탐할 때 나타나는 고집스럽고 굳은 표정이 그려진다. 다른 이들은 입을 다물고 있다. 나는 그 수작을 익히 알고 있다. 그들이 나에게도 그 수작을 부렸으니까. 이 고장 사람이 아니거나, 이런저런 이유로 이 고장 사람들에게 외면당하는 사람들이 주로 이런 수작의 먹잇감이 된다. 그들은 나도 좋아하지 않았다. 유산을 팔아치우고 떠났으니까. 이 고장보다 다른 고장들을 더 좋아했으니까. 내가 사고자 하는 것은 뭐든 즉시 값이 두 배로 뛰었고, 팔고자 하는 것은 뭐든 평가절하되었다. 아주 사소한 문제에서도 내 삶을 견딜수 없게 만들어 날 이곳에서 멀리 달아나게 만들려고 계산된, 항상 날을 세우고 경이롭게 작동되는 악의를 나는 알아보았다. 나는 잘 버텨냈고, 떠나지 않았다. 하지만 재산을 가진 것은 그들이다. 내 목초지는 지금 내 곁에 앉아 크고 시커먼 두 손을 무릎에 올려놓고 있는 시몽 드 생아로에게, 내 밭은 샤를 데 로슈에게 넘어갔다. 그리고 내가 태어난 집은 잠이라도 든 듯 평온한 표정을 짓고 있는 저 뚱뚱한 농장주의 소유다. 그가 선한 미소를 띤 채 말한다.

"팔아치우는 게 드클로 부인에게는 나을 거야. 농사일을 아무리 잘 알아도 여자 몸으로는 할 수 없는 것들이 있거든."

"아직 젊으니까 재혼할 거예요." 마르크가 도전적인 표정을 지으며 대답한다.

이제 그들은 모두 일어나 있다. 한 명이 커다란 우산

을 펼친다. 다른 하나가 나막신을 신고 턱 아래 머플러를 두른다. 문턱에 거의 다다랐을 때, 마침내 무관심을 가장한 목소리 하나가 툭 던져진다.

"그녀가 재혼할 거라고 생각해요, 마르크 씨?"

모두가 비웃음을 억지로 참는 바람에 찌푸려진 눈으로 마르크의 표정을 살핀다. 마르크는 그들이 생각하는 것을, 그들이 말하지 않고 있는 것을 짐작해 보려고 애쓰기라도 하는 것처럼, 마치 날아오는 주먹을 막을 준비라도 하는 것처럼 그들을 하나씩 둘러본다. 그가 결국은 눈을 반쯤 감고 지겹다는 표정으로 어깨를 으쓱하며 대답한다.

"내가 그걸 어떻게 알겠어요?"

"물론 그렇죠, 마르크 씨. 드클로 영감과는 잘 아는 사이였죠, 안 그래요? 구두쇠에다 사람을 절대 안 믿는 영감이 어찌 된 일인지 당신은 언제든 집에 들락거리게 내버려 두는 것 같던데, 당신이 한밤중에 그 집에서 나오는 걸 봤다는 사람도……. 그러니 영감이 죽은 후로도 가끔 그 부인을 만나러 갔겠네요?"

"몇 번. 자주는 아니고."

"상중이니 그럴 수도 있겠죠, 마르크 씨. 당신이 들락거리면서 환대받는 두 집이 있는데, 그 두 집 주인이 모두 죽었어요."

"두 집이라뇨?"

"쿠드레와 물랭뇌프."

오네가 억제하지 못하고 몸을 움찔하자(오네가 너무 심하게 몸을 떠는 바람에 손에 쥐고 있던 잔을 놓쳤고, 잔은 바닥에 떨어져 깨졌다) 농부들은 그때서야 만족한 듯 카

페를 나섰다. 그들이 문턱에 서서 우리에게 큰소리로
인사한다.

"좋은 저녁 되세요, 실베스트르 씨. 하시는 일은 늘
잘 되고 있죠? 안녕히 계세요, 마르크 씨. 드클로 부인
을 보면 인사 전해 주세요."

깊어가는 가을 저녁을 향해 문이 열린다. 비 내리는
소리와 젖은 땅을 밟는 나막신 소리, 그리고 멀리서 샘
물이 흐르는 소리가 들려온다. 이웃 성 정원에 서 있는
거대한 나무들에서 빗방울이 뚝뚝 떨어진다. 소나무들
이 울고 있다.

나는 파이프 담배를 피우고, 마르크 오네는 정면을
똑바로 응시하고 있다. 그러다 마침내 그가 한숨을 내
쉬며 주문한다.

"주인장, 술 한 병 더 줘요."

11

그날 저녁, 마르크 오네가 카페를 나섰을 때 파리 사람들을 가득 태운 차 한 대가 마을로 들어섰다. 그들은 술도 한잔하고 차의 잔고장도 수리할 겸 부아야죄르 호텔 앞에 멈춰 섰다. 그들이 웃고 떠들며 카페로 들어왔다. 여자들 몇몇은 나를 훑어보았고, 다른 몇몇은 얼굴이 일그러져 보이는 창백한 거울들 앞에 서서 헛되이 화장을 고쳐보려고 애썼으며, 또 몇몇은 창가로 다가가 소나기가 내리는 자갈투성이의 작은 거리와 잠든 집들을 내다보았다.

"쥐 죽은 듯 고요하네." 한 젊은 여자가 웃으며 이렇게 말하고는 돌아섰다.

나중에 그들은 도로에서 나를 추월했다. 그들은 물랭뇌프 방향으로 달려갔다. 그들은 그날 밤 평화로운 작은 고장들, 잠에 취해 졸고 있는 마을들을 가로지를 것이고, 시골 여기저기 서 있는 말 없고 컴컴한 집들 곁을 지나칠 것이다. 하지만 그들은 거기에도 그들이 영원히 알지 못할 심원하고 비밀스러운 삶이 있다는 걸 상상조차 하지 못할 것이다. 나는 오늘 밤 마르크 오네가 잠이나 제대로 잘 수 있을지, 물랭뇌프와 거품이 이는 그 녹색 강물을 꿈꾸게 되지는 않을지 궁금하다.

12

사람들이 밭에서 밀을 타작한다. 여름 끝자락, 타작은 한해 농사를 마무리하는 작업이다. 노동의 날이자 축제의 날. 황금색의 거대한 타르트들이 화덕에서 익어간다. 아이들은 타르트를 과일로 장식하기 위해 주초부터 자두를 땄다. 올해는 자두가 풍작이다. 내 집 뒤 작은 과수원에는 벌들이 붕붕 날아다니고, 초목은 무르익은 열매들로 가득하다. 농익은 과실의 황금빛 껍질이 갈라지고, 그 틈으로 달콤한 진주들이 스며 나온다. 농장마다 타작 때가 되면 일꾼과 이웃들에게 최고의 포도주, 그 고장에서 가장 부드러운 크림을 대접하는 걸 명예로 여긴다. 거기에 버찌로 속을 채우고 버터를 발라 번질거리는 투르티에르, 농부들이 아주 좋아하는 말린 염소 치즈, 렌틸콩, 감자, 커피, 그리고 화주火酒가 추가된다.

우리 집 하녀가 음식 준비를 도와야 한다며 가족과 하루를 보내러 가버려서 나는 끼니도 해결할 겸 에라르 부부의 집으로 갔다. 프랑수아와 콜레트는 물랭뇌프에서 멀지 않은 마뢸레라는 곳에 있는 콜레트의 땅 중 하나를 방문하기로 되어 있었다. 그들이 나에게 같이 가자고 졸랐다. 벌써 두 살이 된 콜레트의 아들은 외할머니와 함께 집에 남기로 했다. 콜레트는 좀처럼 아들과 떨어지려고 하지 않았다. 그녀는 그 아이에게 불안에 찬 애정을 품고 있었는데, 그것은 그녀에게 기쁨보다는 오히려 고통의 원천이었다. 그녀는 집을 나서기 전에 엘렌과 하녀에게 아이를 혼자 물가에서 뛰놀게 내버려 두지 말라고 신신당부했다. 엘렌은 염려 말라는 표정을 지으며 고개를 부드럽게 끄덕거렸다.

"콜레트, 제발 좀 그러지 마. 그 불쌍한 장에게 닥친 사고를 잊으라는 게 아니야. 그게 불가능하다는 걸 나도 아니까. 하지만 그 아픈 기억으로 너와 네 아들의 삶을 망치지는 말아. 생각을 좀 해보렴. 네가 두려움에 떨며 저 아이를 키운다면, 저 아이가 커서 어떤 남자가 되겠니? 이 불쌍한 것아, 우리는 자식들 대신 살아줄 수가 없단다 – 가끔 그러고 싶기는 하지만. 우리는 모두 스스로 살아내고 고통을 견뎌야 해. 부모가 자식들에게 베풀 수 있는 가장 큰 도움은 그들이 우리가 겪은 걸 모르게 하는 거야. 나를, 늙은 엄마의 말을 믿으렴."

엘렌은 자기가 한 말의 심각성을 덜기 위해 웃으려고 애썼다. 하지만 콜레트가 눈물을 글썽이며 속삭였다.

"나도 엄마처럼 살고 싶었어요."

그녀의 엄마는 '나도 엄마처럼 행복해지고 싶었어

요'라고 이해했다.

엘렌이 긴 한숨을 쉬며 말했다.

"그건 선하신 주님의 뜻이었어, 콜레트."

엘렌이 딸을 안아주고는 아이를 품에 안고 집으로 들어갔다. 나는 엘렌이 우리와 헤어져, 머리는 희끗희끗해도 여전히 아름답고 당당한 모습으로 정원을 가로지르는 걸 쳐다보았다. 그녀가 그 나이 되도록 가볍고 자신만만한 걸음걸이를 유지하는 건 놀라운 일이었다. 그랬다, 자신만만했다. 그것은 한 번도 나쁜 길에 빠져 방황해 본 적이 없는, 한 번도 헐떡이며 약속 장소로 달려가 본 적이 없는, 한 번도 죄스러운 비밀의 무게에 짓눌려 발길을 멈춰본 적이 없는 여자의 걸음걸이였다.

콜레트도 그것을 느꼈는지 아버지의 팔을 잡으며 이렇게 말했다.

"엄마는…… 아름다운 하루의 저녁나절 같아요……."

프랑수아가 그녀에게 웃으며 말했다.

"내 소중한 콜레트……. 너의 저녁나절도 저렇게 우아하고 평온할 거야. 자, 이제 출발하자꾸나. 갈 길이 머니 서둘러야겠다."

길을 가는 동안 내내, 콜레트는 장이 죽은 이후로 그 어느 때보다 쾌활해 보였다. 프랑수아가 운전했고, 그녀는 뒷좌석에 나와 함께 앉아 있었다. 아직은 가을 분위기가 나지 않는 멋지고 따뜻한 날이었다. 팔월과 비교해 더 차갑고 투명한 하늘의 푸른색, 가끔 불어오는 바람의 숨결, 나무꼭대기에서 빨갛게 물든 몇몇 나뭇잎만이 아름다운 날들이 끝나간다는 걸 예고했다. 잠시 후, 콜레트가 깔깔 웃더니 오래전에 중단된 가족 소풍에 대해 신이 나서 조잘대기 시작했다. 그녀는 어린 시절에 부모와 함께 바로 그 도로를 따라 오랫동안 산책했던 추억을 떠올렸다.

"기억나세요, 아빠? 앙리와 룰루는 아직 태어나지 않았고, 조르주가 아기일 때였어요. 아빠, 엄마가 조르주는 하녀에게 맡겨두고 저만 데려가서 제가 얼마나 우쭐했는지 몰라요. 얼마나 기뻤는지! 오랫동안 기다렸거든요. 가끔은 한 달 넘게. 그날이 되면 소풍 바구니들을 준비했죠. 오, 맛있는 과자들……. 지금은 어쩐 일인지 그때 그 맛이 안 나요. 반죽하느라 엄마의 아름다운 맨팔에 밀가루가 잔뜩 묻었죠, 팔꿈치까지요. 기억나세요? 가끔은 친구분들도 함께 갔지만, 대개 우리뿐이었어요. 점심을 먹고 나면 엄마는 날 풀 위에 눕혀 쉬게 했고, 아빠는 엄마한테 책을 읽어줬어요. 그랬죠? 아빠는 엄마한테 랭보와 베를렌의 시를 읽어줬고, 전 정말이지 뛰어다니고 싶었어요……. 그래도 전 거기 누워 아빠의 목소리에 반쯤 귀를 기울이며 내 놀이와 그렇게 흘러갈 긴 오후 나절을 생각했어요. 그리고 맛보았죠, 그…… 당시 내 기쁨 속에 있던 그 완벽함을."

콜레트가 말을 이어갈수록 그녀의 목소리가 점점 낮고 깊어졌다. 그녀는 아버지의 존재를 잊고 자기 자신에게 말을 건네는 것 같았다. 그녀가 잠시 입을 다물고 있다가 말을 이었다.

"언젠가 자동차가 고장 났을 때 기억나세요, 아빠? 우리는 차에서 내려 걸어야 했죠. 제가 피곤해서 징징거리자 아빠와 엄마는 수레에 풀을 잔뜩 싣고 지나가는 농부에게 저를 옆에 좀 태워달라고 부탁했죠. 그 농부가 날 위해 가지와 풀잎을 엮어서 햇빛을 가려주는 일종의 작은 지붕을 만들어줬던 게 기억나요. 아빠와 엄마는 수레를 따라 걸어왔고, 농부는 말을 몰았어요. 그때, 보는 사람이 아무도 없다고 생각했는지 두 분이 도로 위에 멈춰 서서 입을 맞췄어요……. 기억나세요? 제가 가지 아래에서 갑자기 머리를 내밀고는 외쳤죠. '다 봤어요.' 그러자 두 분은 웃기 시작했고요. 기억나세요? 우리가 가구가 거의 없어서 썰렁하고, 전기도 안 들어오고, 식탁 한가운데 커다랗고 누런 구리 촛대만 덩그러니 놓여 있는 커다란 집에 들렀던 게 바로 그날 저녁이었어요……. 오, 참 신기해요. 그 모든 걸 까맣게 잊고 있었는데, 이제야 기억이 나네요. 어쩌면 꿈이었을지도 모르고요."

"꿈이 아니란다. 그게 바로 쿠드레, 늙은 세실 이모 집이었어. 네가 목마르다고 칭얼대서 우유 한 잔 부탁하려고 들렀지. 이유는 잘 기억나지 않지만, 네 엄마는 내켜 하지 않았어. 하지만 네가 하도 울어대는 바람에 널 진정시키려면 달리 어쩔 도리가 없었지. 네가 여섯 살 때였단다." 프랑수아가 말했다.

"잠깐만요……. 등에 노란 숄을 두르고 있던 나이 든 아줌마와 열댓 살 정도 된 여자아이가 또렷하게 기억나요. 그 여자애는 그 아줌마가 돌봐주던 애였나요?"

"그래, 그 아이가 바로 네 친구 브리지트 드클로야. 이제는 브리지트 오네라고 불러야겠지. 곧 그 청년과 결혼할 테니까."

콜레트가 입을 다물고 뭔가를 골똘히 생각하며 바깥

을 내다보더니 물었다.

"결정됐대요?"

"그래, 사람들 말로는 일요일에 혼인 공시가 발표된대."

"아!"

입술은 부들부들 떨렸지만, 그녀는 차분한 목소리로 말했다.

"그들이 행복했으면 좋겠어요."

그러고는 그녀는 프랑수아가 물랭뇌프를 거쳐 가는 빠른 길을 놔두고 일부러 가장 멀리 돌아가는 길로 접어들 때까지 단 한 마디도 하지 않았다. 그녀가 잠시 망설이다 프랑수아의 어깨를 잡으며 말했다.

"아빠, 제발, 제가 물랭뇌프를 다시 보면 마음 아파할 거라고 생각하지 마세요. 정반대예요. 제 마음을 이해해 주세요. 전 가엾은 장이 땅에 묻힌 날 물랭뇌프를 떠났어요. 모든 게 너무 막막하고 슬퍼서 저에게는 물랭뇌프에 대한 슬픈 인상만 남아 있어요……. 어쨌거나 그건 옳지 않아요……. 그래요, 장을 위해서도 옳지 않아요. 뭐라 설명할 순 없지만…… 장은 날 행복하게 해주려고, 내가 그 집을 좋아하게 만들려고 최선을 다했어요."

그녀가 나지막하고 부자연스러운 목소리로 덧붙였다.

"저는 그 기억에서 안 좋은 것들을 씻어내고 싶어요. 강을 다시 보고 싶어요. 그러면 물에 대한 저의 두려움이 없어질지도 모르고요."

"그 두려움은 저절로 없어질 거야, 콜레트. 도대체

뭐 하러……?"

"그렇게 생각하세요? 꿈에 그 강이 자주 나오는데, 아주 불길해 보여요. 환한 대낮에 그 강을 다시 보면 기분이 한결 나아질 것 같아요. 부탁이에요, 아빠."

"좋을 대로 하렴." 프랑수아가 마침내 대답했고, 차는 왔던 길을 거슬러 올라갔다.

자동차는 쿠드레 앞을 지나쳐(콜레트는 활짝 열린 그 집 창문들을 향해 슬픔과 질투가 묻어나는 눈길을 던졌다) 숲길을 따라가다가 다리를 건넜다. 저 멀리 물랭뇌프가 보였다. 농장 사람들은 우리가 지나가는 걸 봤지만 인사를 하지는 않았다. 그래서 나는 콜레트에게 그들이 내가 알았던 소작인들이 아니냐고, 사고가 있었던 날 쿠드레로 꼬마를 보내 연락을 했던 사람들이 아니냐고 물었다.

"아뇨, 그 아이 엄마가 장의 유모였어요. 장이 죽은 후로 여기서 지내는 걸 몹시 불편해했죠. 소작 계약이 시월에 끝났는데, 그들은 갱신을 원치 않았어요. 지금은 생트아르누에 살아요."

콜레트는 이렇게 말하면서 아버지의 어깨를 툭 쳐서 차를 세우게 했다. 이미 말했듯이 아주 화창한 날이었지만, 가을이 코앞이라 해가 지자마자 쌀쌀해졌고 순식간에 사방이 컴컴해 보였다. 한여름에는 어둠 자체가 일종의 비밀스러운 열기를 퍼트리기 때문에 절대 이렇게 단숨에 어두워지진 않는다. 우리가 물랭뇌프를 쳐다보고 있을 때 구름 하나가 해를 가렸고, 그때까지 활기차게 반짝이던 강물이 갑자기 등이 꺼지듯 꺼져버린 것 같았다. 콜레트가 뒤로 쓰러지며 눈을 감았다.

프랑수아가 차를 다시 출발시켰고, 잠시 후에 중얼거렸다.

"네 말을 듣지 말았어야 했는데."

"아뇨, 이 광경은 절대 잊지 못할 것 같아요……."

마륄레에 도착하니, 사람들이 막 식사를, 이 고장 사람들의 표현대로 하자면 '네 시 참'을 끝내고 있었다. 그들은 다시 일하러 나서기 전에 모두 방에 모여 있었다. 마륄레는 예전에 쿠드레 귀족들의 소유였던 성이다. 세실 양의 쿠드레도 백오십 년 전에는 그들의 영지에 속했다. 그즈음에 몰락한 귀족 가문이 이 고장을 떠났고, 그들의 영지는 조각조각 쪼개졌다. 장 도령의 할아버지가 물랭뇌프를 짓고, 그 성을 샀다. 하지만 자신에게 여력이 없다는 걸 계산하지 못했는지, 아니면 아마 욕심에 눈이 멀었는지, 그는 성의 상태가 얼마나 형편없는지 보지 못했다. 그는 자신이 그 성을 복원할 정도로 부자가 아니라는 사실을 곧 깨달았고 그래서 그곳을 그냥 소작지로 삼았는데, 그것이 지금까지 내려오고 있다. 마륄레는 당당하고 가련한 모습을 동시에 띠고 있다. 성 중앙 안뜰에는 이제 닭장과 토끼장이 들어서 있고, 밤나무를 모두 잘라버린 테라스에는 빨래가 말라가고 있으며, 대문 꼭대기에는 가문의 휘장이 대혁명 중에 부러진 상태 그대로 서 있다. 그곳에 거주하는 사람들은(그들의 성은 뒤퐁인데, 사람들은 사람과 땅을 분리할 수 없을 정도로 섞어버리는 그 고장 풍습에 따라 그들을 그냥 마륄레 사람들이라고 부른다) 아주 무뚝뚝하고, 불신으로 가득하며, 거의 무지하다. 마륄레는 마을에서 멀리 떨어져 있고, 광활한 숲으로 에워싸여 있다

(예전 귀족 가문의 드넓은 정원이 숲이 되었다). 그 농부들은 겨울에는 그곳에 틀어박혀 6~8개월 동안 타지 사람은 코빼기도 보지 못한 채 지내게 된다. 그들에게는 일요일마다 분을 바르고 비단 스타킹을 신는 딸도 없을뿐더러, 말만 번지르르하게 잘하는 부유한 농부들과는 전혀 공통점이 없다. 마륄레 사람들은 가난하고, 그런 만큼 더 인색하다. 그들의 침울한 기질은 쓰러져가는 성, 그 헐벗은 방들과 완벽하게 일치한다. 낡은 마룻바닥은 발을 내디딜 때마다 내려앉고, 담장에서는 돌들이, 지붕에서는 푸르스름하게 변한 청석돌 기와들이 떨어진다. 옛 서재에 돼지 새끼들을 가두고, 벽에는 양털 뭉치들을 걸어 말리며, 벽난로에는 절대 불을 피우지 않는다. 숲을 모조리 먹어 치울 정도로 컸으니까. 그 성에는 색을 칠한 알코브와 깊은 창이 있는 작고 세련된 방도 하나 있다. 그들은 겨울에 대비해 알코브에 감자를 보관하고 창 주변에는 황금색 양파들을 매달아 화환처럼 걸어둔다.

마륄레 사람들하고는 볼일을 보기가 무척 어렵다고 프랑수아는 털어놓았다. 그날 그가 그 집안 가장과 무슨 볼일이 있었는지 더는 기억이 나지 않는다. 그 둘은 불에 탄 창고의 지붕을 살펴보러 나갔다. 나머지 가족과 하인, 타작을 도우러 온 친구와 이웃은 천천히 식사를 이어갔다. 남자들은 관습에 따라 모자를 쓰고 있었다. 콜레트는 조각이 새겨진 커다란 벽난로 턱에, 나는 큰 식탁에 앉았다. 아는 얼굴도 몇몇 있었지만 낯선 사람들이 더 많았다. 아니면 나처럼 늙어서, 나에게 낯설 정도로 늙어서 그렇게 보였거나. 그들 중에는 물랭뇌프의 옛 소작인들, 장이 죽자 그곳을 떠난 사람들도 있었다. 내가 장의 유모였던 어르신의 소식을 물었더니 돌아가셨다는 대답이 돌아왔다. 자식이 열 아니면 열둘이었는데, 정확하게 기억이 나지는 않았다. 나는 그들 중에서 브리지트에게 사고를 알리러 왔던 소년을 알아보았다. 열여섯이나 열일곱 살 정도 되어 보였는데, 아마 태어나서 처음으로 어른처럼 술을 마시는 것 같았다. 그는 약간 취한 듯 보였다. 눈이 붉게 충혈되어 있었고, 뺨이 빨갛게 달아올랐다. 그가 이상할 정도로 집요하게 콜레트를 쳐다보다가 갑자기 식탁 너머로 그녀에게 말을 걸었다.

"그러니까 이젠 거기서 안 사시는 모양이죠?"

"응, 부모님 댁으로 들어갔단다." 콜레트가 대답했다.

소년이 뭔가를 말할 듯하다가 프랑수아가 들어오자 입을 다물었다. 그는 커다란 잔에 다시 포도주를 따랐다.

"저희와 함께 한잔하실 거죠?" 마릴레 집안의 가장이 아내에게 다른 술병을 꺼내오라는 신호를 보내며 말했다.

프랑수아가 응했다.

"당신은요, 부인?" 누군가 콜레트에게 물었다.

콜레트가 앉은 자리에서 일어나 우리와 합류했다. 타작 같은 큰 시골 잔치가 있는 날 술 한 잔을 거절하는 무례를 범할 수는 없으니까. 동이 트기 전에 일어나 열 시간 넘게 힘든 노동을 하고 식인귀처럼 음식을 먹어 치운 남자들은 모두 농부들 특유의 무겁고 침울한 취기에 반쯤 젖어 있었다. 여자들은 화덕 주변에서 분주히 움직였다. 사람들이 내 옆에 앉은 소년에게 짓궂은 농담을 던지기 시작했다. 소년은 거칠고 당돌하게 맞받아쳤고, 사람들은 웃어댔다. 사람들은 소년에게 싸우려 드는 주사가 있다는 걸, 그가 사람들이 흔히 말하듯 술에 취해 혀가 꼬부라지는 상태에 있다는 걸 느꼈다. 방 안의 후끈한 열기, 파이프 담배 연기, 식탁 위의 타르트 향기, 과일로 가득한 그릇 주변을 맴도는 말벌들의 날갯짓, 농부들의 걸걸한 웃음소리가, 술기운을 이겨내는 법을 알지 못한 채 과음을 했을 때 빠져들게 되는 비현실과 꿈의 느낌을 더욱 증폭시켰을 것이다. 소년은 계속 콜레트를 쳐다보았다.

"넌 물랭뇌프가 그립지 않니?" 프랑수아가 그에게 무심코 물었다.

"아뇨, 여기가 나아요."

"저런, 배은망덕하기도 하지." 콜레트가 약간 부자연스럽게 웃으며 말했다. "내가 너한테 맛있는 타르트 만들어줬던 것도 기억 안 나니?"

"오, 그건 기억나요."

"그렇다면 다행이로구나."

"오, 그건 기억나요." 소년이 반복해 말했다.

소년이 투박한 손으로 포크를 만지작거리다가 콜레트를 민망할 정도로 빤히 쳐다보며 불쑥 말했다.

"전 다 기억해요. 잊어버린 사람들도 있지만, 전 다 기억해요."

우연하게도 갑자기 침묵이 찾아왔을 때 소년이 이 말을 했고, 침묵 속에서 말이 너무 크게 울려 퍼졌기 때문에 모두가 충격을 받은 듯 움찔했다. 콜레트는 갑자기 안색이 하얗게 질린 채 입을 다물었다. 하지만 그녀의 아버지가 깜짝 놀란 듯 물었다.

"다 기억하다니, 무슨 뜻으로 하는 말이냐?"

"무슨 뜻이냐 하면요, 여기 있는 누군가가 장 주인님이 어떻게 돌아가셨는지 잊어먹었더라도, 전 기억하고 있다는 뜻이에요."

"아무도 잊지 않았어." 내가 이렇게 말하고는 콜레트에게 어서 일어나서 식탁에서 물러나라는 손짓을 했지만, 그녀는 꼼짝도 하지 않았다.

뭔가 미심쩍기는 해도 그날 실제로 무슨 일이 있었는지 짐작조차 할 수 없었던 프랑수아는 소년의 입을 다물게 하는 대신 그를 향해 몸을 기울이고 걱정스레 캐물었다.

"네가 그날 밤 뭔가를 봤다는 뜻이니? 말해다오, 제발. 이건 아주 심각한 일이야."

"신경 쓰지 마세요. 보시다시피 술에 취해 아무 말이나 지껄이는 거예요." 마뢰레 집안의 가장이 말했다.

'빌어먹을, 그들은 알고 있어. 모두가 알고 있어. 하지만 저 바보 녀석이 떠벌리지만 않으면 저들은 그 사건에 대해 단 한 마디도 하지 않을 거야!' 나는 속으로 생각했다. 우리 농부들은 말수가 적고, 자신들과 관련이 없는 사건에 휘말리는 걸 끔찍하게 싫어한다. 하지만 그들은 알고 있었다. 그래서 모두 난처한 표정을 지으며 눈을 내리깔고 있었다.

"그만 마셔, 이 녀석아. 너, 오늘 많이 마셨으니 이제 가서 일이나 해." 가장이 꾸짖듯이 말했다.

하지만 큰 충격을 받은 프랑수아가 일어서는 소년의

소매를 붙잡으며 말했다.

"가지 말고 말해봐. 넌 우리가 모르는 뭔가를 알고 있어. 확실해. 난 그 죽음에 뭔가 석연치 않은 게 있다는 생각이 자주 들었어. 어린 시절부터 건너다닌 탓에 발이 나무판자 하나하나를 모두 기억하는 다리를 건너면서 부주의로 물에 빠지지는 않아. 게다가 그날 장 도랭은 느베르에서 목돈을 받았어. 그런데 그의 지갑은 발견되지 않았지. 경찰은 그가 강에 빠지면서 잃어버렸을 거라고, 지갑이 강물에 떠내려갔을 거라고 추정했어. 하지만 어쩌면 누군가 그를 죽이고 훔쳐 갔을지도 몰라. 그러니 우리가 모르는 뭔가를 봤다면 그걸 말하는 건 네 의무야. 안 그러니, 콜레트?" 프랑수아가 딸을 돌아보며 덧붙였다.

콜레트에게는 그렇다고 대답할 힘조차 없었다. 그래서 고개를 살짝 끄덕이기만 했다.

"불쌍한 것, 너한테는 정말 괴로운 일이겠지. 이 소년과 단둘이 얘기해 볼 테니 넌 나가 있으렴."

콜레트는 싫다는 손짓을 했다. 모두가 입을 다물고 있었다. 소년은 갑자기 술이 깬 듯 보였다. 그는 눈에 띄게 몸을 떨며 프랑수아의 집요한 질문에 대답했다.

"예, 맞아요, 누가 그분을 물로 밀어 빠트리는 걸 분명히 봤어요. 그날 밤에 할머니한테 말씀드렸는데, 할머니가 아무한테도 말하지 말라고 하셨어요."

"이런, 범죄를 목격했다면 신고하고 범인을 찾아 벌해야지……! 뭐 이런 사람들이 다 있는지 모르겠네." 프랑수아가 나에게 낮은 목소리로 말했다. "이 사람들, 살해 현장을 목격하고도 '사건에 휘말리는' 게 싫어서 입을 다문 거예요. 이 사람들은 그 가엾은 장이 죽는 걸 봤으면서도 2년 동안 아무 말도 안 했어요. 콜레트, 저 소년에게 입을 다물고 있을 권리가 없다고 말해주거라. 무슨 말인지 알겠니, 이 녀석아, 장의 부인이었던 사람이 너에게 털어놓으라고 명령하고 있어."

"정말인가요, 부인?" 소년이 눈을 들어 콜레트를 쳐다보며 물었다.

그녀가 한숨을 쉬듯 그렇다고 대답하고는 두 손으로 얼굴을 가렸다. 여자들도 요리와 설거지를 멈추고 배 위에 두 손을 모은 채 귀를 기울이고 있었다.

"좋아요, 그럼 우선 그날 밤 제가 암소 먹이를 제대로 주지 않아서 아버지한테 된통 혼이 났다는 말씀부터 드려야겠어요. 아버지는 저녁도 못 먹은 나를 흠씬 때리고 밖으로 내쫓았어요. 저도 화가 나서 집으로 돌아가고 싶지 않았죠. 잘 시간이라고 아무리 불러대도 전 그냥 못 들은 척했어요. 아버지가 '사내 녀석이 혼 좀 났다고 토라져서는…… 쯧쯧. 놔둬, 바깥에서 밤을 새우고 나면 배우는 게 있을 테니'라고 말했죠. 전 집으로 들어가고 싶었지만 놀림을 당하긴 싫었어요. 그래서 몰래 부엌으로 들어가 빵과 치즈를 챙겨 강가로 숨으러 갔어요. 부인도 아시잖아요, 여름이면 가끔 책 읽으러 가시는 강가의 버드나무 아래요. 그렇게 숨어 있는데, 장 주인님의 자동차 소리가 들려왔어요. 그래서 전 속으로 생각했죠. '어라, 생각보다 일찍 돌아오셨네.' 기억하시겠지만, 다들 그다음 날 돌아오실 거라고 예상했거든요. 그런데 주인님은 목초지에 차를 세웠어요. 그리고는 아주 오랫동안 차 옆에 서 계

셨어요. 너무 오래 서 계셔서 이유는 모르겠지만 전 더
럭 겁이 났어요. 참 이상한 밤이었어요. 바람이 세차게
불었고, 나무들이 마구 요동쳤죠. 그러다 주인님이 보
이지 않아서 자동차 옆에 계시나 보다 했어요. 방앗간
으로 들어가려면 제 앞에 있는 다리를 건너야 했거든
요. 전 주인님이 숨어 있거나 누굴 기다리는구나 생각
했어요. 그렇게 시간이 흘러서 전 깜빡 잠이 들었어요.
그러다 다리에서 들려오는 소리에 놀라 화들짝 깨어
났죠. 두 사람이 다투고 있었어요. 워낙 순식간에 일어
난 일이라 전 달아날 시간도 없었어요. 한 사람이 다른
사람을 밀어 물에 빠트리고는 도망갔어요. 전 주인님
이 물에 빠지면서 외친 소리를 들었고요. 분명히 주인
님 목소리였어요. 그분은 '오, 주님!'이라고 소리쳤어요.
그런 다음에 풍덩 하고 물소리가 들렸죠. 그래서 저는
집까지 부리나케 달려와 모두를 깨우고 무슨 일이 있
었는지 얘기했어요. 그러자 할머니가 저에게 말했어요.
'넌 입 꾹 다물고 있어. 넌 아무것도 못 봤고, 아무것도
못 들었어, 알겠니?' 그렇게 오 분도 채 지나지 않아 부
인께서 혼비백산 달려와서는 남편이 물에 빠져 익사했
다고, 시신을 찾게 도와달라고 요청하셨어요. 그래서
아버지가 방앗간으로 내려가셨고, 장 주인님에게 젖을
물려 키우신 할머니는 '난 시트를 찾아봐야겠다. 내 손
으로 그 아이의 시신을 덮어줄 줄이야, 가엾고 불쌍한
아이'라고 말씀하셨죠. 어머니는 저에게 어서 쿠드레로
달려가서 주인님이 돌아가셨다고 알리라고 했어요! 이
게 다예요. 제가 아는 건 이게 다예요."

"너 혹시 꿈꾼 거 아니냐? 판사 앞에서도 방금 우리

에게 말한 걸 똑같이 말할 수 있겠니?"

소년은 잠시 망설인 후에 대답했다.

"예, 똑같이 말할 수 있어요. 그게 사실이니까요."

"그런데 장 도랭 씨를 물에 빠트린 남자, 얼굴은 자세히 못 봤니?"

아주 긴 침묵이 흘렀고, 모두의 시선이 소년에게 고정되었다. 오직 콜레트만 눈을 들지 않았다. 그녀는 이제 앞으로 내민 두 손을 그러쥐고 있었다. 그녀의 손가락 끝이 부들부들 떨렸다.

"못 봤어요." 마침내 소년이 말했다.

"알아볼 수 없었어? 단 일 초도? 그날 달이 밝았잖니."

"저는 반쯤 잠에 취해 있었어요. 두 남자가 다투는 걸 봤고, 그뿐이에요."

"장 도랭 씨가 도움을 청하지는 않았니?"

"그랬는지는 몰라도 전 못 들었어요."

"그 남자는 어느 방향으로 달아났니?"

"저기, 숲 쪽으로요."

프랑수아는 손으로 천천히 자신의 눈을 쓸었다.

"어떻게 이런 일이……. 이건…… 이건 도무지 이해가 안 돼. 그런 종류의 사고는 있을 수 있지만, 몸이 갑자기 안 좋아 실신한 게 아니고는 설명이 안 돼. 이십오 년 전부터 날마다 적어도 열 번씩 건너다닌 다리에서 발을 헛디디지는 않아. 콜레트는 그가 갑자기 현기증을 느꼈을 거라고 하지만, 도대체 왜? 그는 아주 건강해서 현기증 따윈 모르고 지냈어. 다른 한편으로, 그 해에 이 지역에서 여러 차례 절도와 방화가 저질러졌고, 그래서 부랑자 여럿이 체포되었다는 건 모두가 알고 있어. 그래서 나는 가끔 그 일이 사고가 아니었던 게 아닐까, 불쌍한 장이 살인자에게 희생된 게 아닐까 하는 생각이 들었지. 그런데 저 소년의 이야기는 이상한 걸 넘어서 도무지 이해가 안 돼. 장은 왜 곧바로 집으로 들어가지 않았을까? 그가 자동차 옆에 아주 오랫동안 머물렀다는 거, 확실하니?"

내가 끼어들어 소년에게 말했다.

"넌 자고 있었어. 네 입으로 그렇게 말했잖아. 너도 알다시피 잠이 들면 시간 개념이 없어져. 가끔은 밤의 절반이 지나갔는데 단 몇 분이 흘렀다고 믿지. 또 가끔 긴 꿈을 꾸면 정반대로 깜빡 잠이 들었을 뿐인데 아주 오랫동안 잤다고 믿어."

"맞아요, 맞아." 여러 목소리가 동의했다.

"나는 일이 이렇게 됐다고 생각해요. 저 소년은 자고 있다가 문득 깨어나서 자동차 소리를 들었어요. 그러고는 다시 잠이 들었는데, 본인에게는 아주 긴 시간이 흐른 것 같았겠죠. 그런데 실상은 장이 도착한 순간과 다리를 건넌 순간 사이에 단 몇 초만 흐른 거예요. 아마 그날 밤 하녀도 가버려서 집이 거의 비어 있다는 걸 알고 있던 한 부랑자가 방앗간으로 몰래 들어가다가 장이 도착하는 소리를 들었을 거예요. 장의 발소리를 듣고 황급히 밖으로 뛰쳐나왔겠죠. 장이 그를 붙잡으려고 했고, 부랑자는 도망을 치려고 했을 거예요. 그렇게 몸싸움을 벌이다가 부랑자가 장을 물에 빠뜨린 거예요. 아마 일이 이렇게 벌어졌을 거예요."

"그래도 사법당국에 신고해야 해요. 이건 심각한 일

이에요." 프랑수아가 말했다.

그때서야 사람들은 콜레트가 울고 있다는 걸 알아차렸다. 남자들이 하나둘씩 자리에서 일어섰다.

"자, 일들 하러 갑시다." 마뢰레 집안의 가장이 말했다.

남자들은 잔을 비우고 밖으로 나갔다. 넓은 부엌에는 여자들만 남아 콜레트를 쳐다보지 않은 채 일을 찾아 분주히 움직였다. 프랑수아가 콜레트의 팔을 부축해 차에 타는 걸 도와주었다. 그렇게 우리는 출발했다.

13

무척 따뜻했던 그날 저녁, 나는 내 집 부엌 뒤편에 있는 벤치에 앉아 있었다. 그 벤치에 앉으면, 오랫동안 수프를 끓일 때 필요한 몇 가지 채소만 심다가 몇 년 전부터 가꾸기 시작한 작은 정원이 보인다. 내 손으로 직접 저 장미 나무들도 심고, 죽어가던 저 포도나무도 살리고, 가래질도 하고 잡초도 뽑고 과실수들의 가지도 쳤다. 나는 조금씩 저 작은 땅뙈기에 정을 붙였다. 여름날 저녁 해가 질 때면 익을 대로 익은 과일들이 가지에서 수풀 사이로 떨어지는 둔탁한 소리가 나에게 일종의 행복감을 준다. 밤이 찾아온다……. 뭐라고? 우리는 아직 그것을 밤이라고 부를 수 없다. 낮의 푸르른 빛깔이 녹색으로 바래고, 모든 색깔이 진주의 회색과 쇠의 회색 중간쯤의 뉘앙스만 남겨둔 채 점차 가시적인 세계에서 물러간다. 하지만 우물, 버찌 나무, 낮은 담장, 숲, 내 발치에서 빈둥대다 나막신을 깨물며 장난을 치는 고양이의 머리, 모든 사물의 윤곽이 완벽할 정도로 선명하다. 이제 하녀가 집으로 돌아갈 시간이다. 그녀가 부엌의 등을 켠다. 그 불빛이 순식간에 모든 걸 깊은 어둠 안에 가둔다. 하루 중 최고의 순간이다. 콜레트가 나에게 조언을 구하기 위해 내 집을 찾은 것도 당연히 이 순간이었다. 솔직히 털어놓자면, 나는 그녀를 냉랭하게 맞이했다. 그녀가 잠시 당황스러워할 정도로. 내가 자발적으로 집 밖으로 나가 다른 사람들의 일에 끼어들 때는 그들의 낯선 삶에 기꺼이 관심을 기울이지만, 집에 틀어박혀 지낼 때는 평화롭게 혼자 있는 걸 더 좋아한다. 그러니 굳이 찾아와서 당신들의 사랑과 후회로 날 성가시게 하지는 말기를.

"내가 널 위해 뭘 해줄 수 있겠니?" 내가 눈물부터 보이는 콜레트에게 말했다. "아무것도 없어. 난 네가 무엇 때문에 이토록 괴로워하는지 이해할 수가 없구나. 그 멍청한 녀석의 얘기만 믿고 신고할지 말지는 네 부모의 의사에 달려 있어. 그러니 그들에게 가봐. 네 부모는 어린애들이 아냐. 이미 겪어봐서 삶이 어떤 건지 알고 있어. 너한테 연인이 있었다고, 그 남자가 네 남편을 죽였다고 그들에게 털어놔⋯⋯. 그건 그렇고, 그날 밤 정확하게 무슨 일이 있었던 거니?"

"그날 밤, 전 마르크를 기다리고 있었어요. 장은 그다음 날 돌아오기로 되어 있었고요. 저 역시 지금까지도 무슨 일이 있었는지, 장이 왜 일찍 돌아왔는지 이해가 안 돼요."

"왜 일찍 돌아왔냐고? 순진한 것. 네가 그날 밤 연인을 기다릴 거라고 누가 장에게 알려줬으니 그랬겠지."

콜레트는 '연인'이라는 말이 나올 때마다 움찔하며

고개를 떨군다. 어둠 속에서 고통스러운 한숨 소리가 들려온다. 그녀는 부끄러워하고 있다. 하지만 내가 어떤 다른 말을 할 수 있겠는가?

그녀가 마침내 말한다.

"당시 집에 데리고 있던 하녀가 장에게 알려준 것 같아요. 어쨌거나 저는 자정쯤에 마르크를 기다리고 있었어요. 그런데 마르크가 다리를 건너는 순간, 그를 염탐하고 있던 장이 그에게 달려들었어요. 하지만 마르크가 더 강했죠." 놀랍게도 그녀의 목소리에는 무의식적인 자부심이 묻어 있었다! "마르크는 장에게 해를 가하고 싶어 하지 않았어요. 그냥 방어만 했어요. 그러다가 나중에는 화가 났는지 두 팔로 장의 허리를 붙들고는 다리 난간이 없는 곳으로 끌고 가 물속으로 던져 버렸어요."

"그 청년이 집으로 널 찾아온 게 처음이 아니었지?"

"예……."

"그렇다면 넌 그 가엾은 장을 이미 오래전부터 속였던 게로구나?"

묵묵부답.

"마음도 없는데 억지로 그와 결혼한 건 아니지 않니?"

"예, 저도 장을 사랑했어요. 하지만 마르크는…… 처음 본 순간부터 사랑했어요. 이해하시겠어요? 처음 본 순간부터 그는 나를 자신이 원하는 대로 할 수 있었을 거예요. 아저씨한테는 그게 놀라워 보이세요?"

"아니, 아니다. 나도 비슷한 경우들을 겪어봤으니까."

"절 비웃으시는군요. 하지만 제가 나쁜 여자의 심성

을 타고나진 않았다는 건 믿어주세요. 제가 바람을 피우는 심성을 가지고 태어났다면, 아마 저에게는 이 모든 게 아주 간단해 보일 거예요. 비극적으로 끝난 불륜, 그뿐이에요! 그런데 전 엄마와 같은 삶을 살기 위해, 순수한 마음을 지키기 위해, 엄마처럼 고결하게, 아무 후회 없이 늙어가기 위해 태어났어요. 그런데 어느 날 갑자기…… 생생하게 기억나요, 저는 장과 하루를 보냈고, 우리는 너무나 행복했어요. 저는 브리지트 드 클로의 집으로 놀러 갔어요. 우리는 친하게 지냈죠. 저한테는 또래 친구가 없었는데, 그녀는 젊었으니까요. 그리고 이상하게도 우리한테는 어딘지 모르게 닮은 구석이 있었어요. 제가 브리지트한테 여러 번 말했어요. 그녀는 웃고 말았지만, 아마 그녀도 그렇게 생각했나 봐요. 왜냐하면 저한테 '우리는 자매일 수도 있었을 거야'라고 대답했거든요. 그녀의 집에서 마르크를 처음 만났어요. 나는 곧바로 그녀가 그의 애인이라는 걸, 그녀가 그를 사랑한다는 걸 알아챘어요. 저는…… 묘한 질투심을 느꼈어요. 그래요, 전 사랑에 빠지기도 전에 질투에 사로잡혔어요. 질투라는 말도 안 맞아요! 전 그냥 부러웠어요. 장이 나에게 줄 수 없는 그런 종류의 행복이 절망적일 정도로 부러웠어요. 관능적인 행복만이 아니라, 제가 그때까지 사랑이라 불렀던 것과는 비교할 수 없는 어떤 것, 영혼의 뜨거운 열기 같은 것 말이에요. 전 집으로 돌아와서 밤새 울었어요. 저 자신이 혐오스러웠거든요. 마르크가 저를 가만히 내버려 뒀다면 저도 그냥 잊었을 거예요. 그런데 제가 마음에 들었는지 끊임없이 저를 쫓아다녔어요. 그래서 몇 주가 지난 어느 날……."

"그래서……."

"전 그게 오래 지속될 수 없다는 걸 잘 알고 있었어요. 브리지트가 늙은 남편이 죽자마자 그와 결혼하리라는 걸 알고 있었죠. 저는 생각했어요……. 그러다가 나중에는 아무 생각도 하지 않았어요. 저는 그를 사랑했어요. 장이 아무것도 모른다면 아무 일도 없는 것과 같다고 생각했죠. 악몽 같은 하루하루를 보내면서도 가끔 장이 알게 될 거라고, 하지만 나중에, 먼 훗날에, 우리가 늙었을 때 알게 될 거라고 상상했어요. 그때는 그가 날 용서해 줄 것 같았어요. 그런데 제가 어떻게 이 끔찍한 불행을 예상할 수 있었겠어요? 제가 그를 죽인 거예요. 제가 제 남편을 죽였어요. 그가 죽은 건 저 때문이에요. 이렇게 자꾸 되뇌다 보니 미쳐버릴 것만 같아요."

"네 눈물이 장을 살아 돌아오게 하지는 못해. 진정하고, 추문을 피할 생각부터 하렴. 꼼꼼한 수사가 이뤄지면 당연히 진실이 쉽게 밝혀질 거야."

"하지만 어떻게 추문을 피하겠어요? 어떻게?"

"네 아버지가 신고하게 놔둬서는 안 돼. 그러려면 그가 진실을 알아야……."

"못 해요! 전 아빠한테 아무 말도 하지 않을 거예요! 전 그럴 수 없어요. 어떻게 제가 감히……."

"아니, 너 미쳤구나! 마치 네 부모를, 너를 누구보다 사랑하는 네 부모를 두려워하는 것 같구나."

"어떻게 아저씨가 이해하지 못할 수 있어요? 두 분의 삶을 잘 아시면서, 두 분의 금슬이 얼마나 좋은지,

부부의 사랑을 얼마나 소중하게 여기는지 잘 아시면서 어떻게 그들의 딸인 저한테 아주 비열한 방식으로 남편을 속였다고, 남편이 집을 비우자마자 외간 남자를 집에 들였다고, 그리고 결국 그 남자가 남편을 죽였다고 털어놓으라고 하세요? 두 분은 엄청난 충격을 받으실 거예요. 제가 양심의 가책에 시달리는 것만으로는 충분하지 않나요?"

콜레트가 울음을 터뜨렸다.

그녀가 약간 진정되자, 나는 그녀에게 또 한 번 내가 어떻게 해주길 원하느냐고 물었다.

"아저씨가 저 대신 두 분에게 말을 해주실 순 없나요……?"

"그런다고 뭐가 달라지겠니?"

"아, 저도 모르겠어요! 하지만 제 입으로 직접 털어놔야 한다면 죽을지도 몰라요……. 아저씨라면…… 아저씨라면 그게 한순간의 광기였다고, 제가 완전히 타락한 나쁜 여자는 아니라고, 제가 어떻게 그런 식으로 행동할 수 있었는지 저 자신도 이해하지 못한다고, 두 분을 이해시킬 수 있을 것 같아요. 그래 주실래요, 실비오 아저씨?"

나는 곰곰이 생각해 보고는 대답했다.

"아니."

가엾은 콜레트는 경악과 절망의 비명을 내질렀다.

"안 된다고요? 왜요?"

"여러 가지 이유가 있어. 우선—너에게 자초지종을 설명할 수는 없지만 제발 날 믿어다오—사건의 진실을 내 입으로 전해 들으면, 네 엄마가 더 고통스러워할 거야. 이유는 묻지 말아다오. 말해줄 수 없으니까. 게다가 나는 너희 이야기에 끼어들고 싶지 않구나. 너희 식구 한 사람 한 사람을 찾아다니며 위로하고, 논평하고, 충고하고, 이런저런 도덕적 헛소리들을 늘어놓고 싶지 않아. 난 이제 늙었단다, 콜레트. 그래서 그냥 평화롭게 지내고 싶어. 사람은 내 나이가 되면 차가워진단다……. 넌 이해하지 못할 거야. 내가 너의 사랑과 광기를 이해하지 못하는 것처럼. 내가 아무리 애써봐야 세상을 너처럼 볼 수는 없어. 너에게 장의 죽음은 끔찍한 재앙이지. 하지만 나에게는…… 난 수많은 죽음을 봤단다……. 장은 서툴고 질투심이 많은 불쌍한 청년이었어. 아마 지금 있는 곳이 더 편할 거야. 그 죽음의 원인을 제공해서 괴롭다고? 내 생각에, 다양한 사건에는 우연이나 운명 말고 다른 원인은 없어. 마르크와 너의 이야기? 너희는 좋은 한때를 즐겼어. 뭘 더 바라니? 네 부모도 마찬가지야. 내가 끼어들었다가는 그들을 놀라게 하고 슬프게 할 진실들을 밝히지 않을 수 없을 거야. 그 착한 영혼들도……."

콜레트가 내 말을 끊었다.

"실비오 아저씨, 가끔 아저씨는……."

그녀가 잠시 망설이다 말을 이었다.

"저만큼 제 부모님을 예찬하지는 않는 것 같아요."

"그렇게 열렬하게 예찬받아 마땅한 사람은 없단다. 우리가 극도로 분개하며 경멸해야 마땅한 사람도 없고……."

"너무나 큰 애정으로 사랑받아 마땅한 사람도 없고요……."

"아마도……. 나도 모르겠다. 사람은 있잖니……, 내 나이가 되면 피가 식어버린단다. 사람이 차가워지지." 내가 반복해 말했다.

콜레트가 갑자기 내 손을 잡았다. 가엾은 것! 손이 얼마나 뜨겁던지! 그녀가 부드럽게 말했다.

"아저씨가 가여워요."

"나도 네가 가엾단다. 넌 쓸데없는 가책으로 스스로를 괴롭히고 있어." 내가 그녀에게 솔직하게 말했다.

우리는 오랫동안 미동도 없이 앉아 있었다. 밤공기가 습기를 머금어 축축해졌다. 개구리들이 울어댔다.

"제가 가고 나면 뭐 하실 거예요?" 콜레트가 물었다.

"매일 저녁에 하는 일."

"그게 뭔데요……?"

"울타리를 닫을 거고, 문에 빗장을 걸 거고, 괘종시계 태엽을 감을 거고, 카드를 꺼내서 하나, 둘, 세 판정도 카드 점을 볼 거야. 그러고는 술을 한 잔 마실 거고, 아무 생각도 안 할 거고, 자러 갈 거야. 많이 자지는 못할 테니 깬 채로 꿈을 꾸겠지. 그러면서 예전의 일과 사람들을 떠올리게 될 거야. 넌 집으로 돌아갈 거고, 절망에 빠질 거고, 눈물을 흘릴 거고, 불쌍한 장의 사진을 보며 용서를 구할 거고, 지나간 일들을 후회하고, 미래에 닥칠 일 때문에 몸을 떨게 될 거야. 너와 나, 둘 중에 누가 더 나은 밤을 보낼지 나도 모르겠구나."

콜레트는 잠시 입을 다물고 있었다.

"그럼 이만 가볼게요." 이윽고 그녀가 한숨을 쉬며 소곤거렸다.

나는 울타리까지 그녀를 배웅해 주었다. 그녀는 자전거를 타고 출발했다.

14

나중에 콜레트는 나에게 그날 저녁 곧장 집으로 가지 않고 쿠드레에 들렀다고 말했다. 미친 듯이 흥분 상태에 빠져 있던 그녀는 뭐든 온 힘을 다해서 해야 했고, 슬픔을 잊어야 했다. 그녀는 나와 얘기를 나누면서 그녀 다음으로, 심지어 그녀보다 앞서서 어떻게든 추문을 피해야 하는 당사자는 마르크와 곧 결혼할 브리지트 드클로라고 생각했다고 말했다. 그래서 콜레트는 그녀를 만나 사건이 벌어진 날 실제로 무슨 일이 있었는지 알려주고 조언을 구하기로 마음먹었다. 브리지트는 그날 있었던 일을 상세히 알고 있었을까? 아마 짐작으로나마 많은 걸 알고 있었을 것이다. 어쨌거나 그 사건이 벌어진 지 이미 2년이 지났고, 마르크와 콜레트는 그 후로 두 번 다시 만나지 않았다. 따라서 브리지트는 과거의 일을 가지고 질투심을 느끼지는 않을 것이고, 보름 후면 결혼할 남자를 구할 생각만 할 터였다. 어쩌면 콜레트에게 그들의 행복에 약간 훼방을 놓고 싶은 마음도 있지 않았을까? 어쨌거나 그 세 사람의 이해는 서로 얽혀 있었다. 따라서 그녀는 마르크 집안사람들과 저녁을 먹고 마침 집에 혼자 있던 브리지트를 찾아갔다.

콜레트는 그녀에게 마르크가 아주 큰 위험에 처해 있다고 말했다.

브리지트는 곧바로 이해했다. 그녀는 아주 창백해진 얼굴로 무슨 일이 있었느냐고 물었다.

"내 남편을 죽인 게 마르크라는 건 알고 있었나요?" 콜레트가 단도직입적으로 물었다.

브리지트가 대답했다.

"그래요, 알고 있었어요."

"그가 당신에게 털어놓았나요?"

"구태여 털어놓을 필요도 없었어요. 내가 그날 밤 바로 알아차렸으니까."

"그 순간에 문득 떠오르더군요." 콜레트가 나에게 말했다. "장에게 제보한 사람이 바로 그녀라는 생각이. 그녀는 마르크가 자신을 속이고 나와 만난다는 사실을 틀림없이 알고 있었어요. 그래서 '남편이 알면 안 헤어질 수가 없겠지'라고 생각했겠죠. 장이 소심하고 신체적으로 약하다는 걸 알고 있었으니 그가 그렇게 마르크를 공격할 줄은 전혀 예상하지 못했을 거예요. 그보다는 제가 추문을 두려워하고 부모님을 슬프게 하는 걸 극도로 꺼리니 직접 장에게 해명하고 어쩔 수 없이 마르크와 헤어질 거라고 상상했겠죠. 그녀도 다른 걸 바라지는 않았어요. 그녀에게도 장의 죽음은 전혀 예상하지 못한 끔찍하고 충격적인 사건이었어요."

콜레트가 꼬치꼬치 캐묻자 브리지트는 처음에는 시치미를 떼다가, 결국 장이 죽기 전날 콜레트가 문제의 날 밤에 마르크 오네를 집으로 들일 거라는 내용의 편지를 '맹세하건대, 내 이름을 당당히 밝히고' 써서 장에게 보냈다고 털어놓았다.

"조금이라도 예상할 수 있었다면……. 우리는 둘 다 끔찍한 벌을 받았어요. 날 부러워하지 말아요. 연인을 지키기는 했지만, 우리의 불안을 생각해 봐요. 그가 어떤 위험에 처해 있는지 생각해 봐요. 지방법원들은 치정 범죄에 대해 전혀 관대하지 않아요. 그가 정당방위였다고 아무리 주장해도 누가 그걸 믿어주겠어요? 남편을 처치하려고 숨어 있다가 공격한 거라고 생각하지 않겠어요? 무죄로 풀려난다 해도 모두가 날 싫어하고 마르크 역시 사람들 눈 밖에 난 이 고장에서 우리가 어떻게 살아갈 수 있겠어요? 그런데 우리가 가진 건 모두 이 고장에 있어요."

"아직 결혼 안 했으니 헤어질 수도 있잖아요."

"아뇨, 난 그를 사랑해요. 이 불행이 닥친 데에는 내 잘못이 커요. 난 내 남자가 불행하다고 해서 그를 버리지는 않을 거예요. 당신 아버지가 신고 못 하게 막아야 해요. 공식적으로 문제가 되지 않는 한, 아무도 입을 열지 않을 거예요. 용기를 내서 온갖 암시, 온갖 호기심에 맞서야 해요. 우리는 그걸 할 수 있어요."

두 사람은 오랫동안, 콜레트 말로는 '거의 친구처럼' 밤새 얘기를 나누었다. 그들은 둘 다 그 청년을 사랑했고, 그를 구하고 싶어 했다. 콜레트는 부모님과 아들을 떠올리며 몸을 떨었지만, 결국 이렇게 말했다.

"당신 말이 맞아요. 아빠와 엄마도 진실을 아셔야 해요. 하지만 나에게는 생각만 해도 끔찍한 일이에요. 난 내 입으로 그들에게 말할 수 없어요. 그들은 이해하지 못할 거예요. 절망에 빠지실 거예요. 난 두 분을 대하면, 소중한 두 분의 늙고 선량한 얼굴을 대하면 너무나 부끄러워 차마 입을 열지 못할 것 같아요."

브리지트는 오랫동안 입을 다물고 있었다. 그러다 시간을 보고는 마침내 말했다.

"시간이 많이 늦었네요. 이제 돌아가요. 내일 아침에 무엇이든 핑계를 만들어서 며칠 집을 떠나 있어요. 내가 당신 부모님을 찾아가서 무슨 일이 있었는지 얘기할게요. 아마 당신이 생각하는 것보다 훨씬 간단할 거예요."

"전 제 부모님이 나 말고 다른 사람의 입을 통해 진실을 전해 듣는 쪽이 나을 거라고 생각했어요." 콜레트가 나에게 말했다. "부모 자식 사이에도 성적으로는 수치심이 있어서……. 어릴 적에 벌거벗은 엄마를 보고는 몹시 부끄러웠던 기억이 있어요. 또래 친구나 늙은 유모한테는 서슴없이 털어놓을 죄스러운 생각들도 아빠, 엄마한테 드러내 보이기는 부끄러웠어요. 제 부모님은 인간적인 결점들을 초월하는 별개의 존재들이었고, 지금도 그렇게 남아 계세요. 저는 생각했어요. '두 분도 모든 걸 알게 될 테지만 내가 며칠 집을 떠나 있을 테니 냉정을 되찾을 시간이 있을 거야. 내가 돌아올 때쯤, 두 분은 나에게 절대 아무 말도 하지 말아야 한다는 것을 이해하실 거야. 두 분은 입을 다무실 거야. 알고도 입을 다무는 것, 두 분이 너무나 잘하시는 거잖

아. 그러면 이 끔찍한 이야기는 마치 일어나지도 않았
던 일처럼 될 거야."

15

그 이튿날 아침, 프랑수아와 엘렌이 날 찾아왔다. 엘
렌은 큰 시름에 빠져 있었다. 사건의 진실을 조금도 짐
작하지 못했던 그녀는 딸에게 쓸데없이 고통만 주게
될 거라며 신고하는 걸 극도로 꺼렸다. 하지만 법을 존
중하는 진정한 부르주아인 프랑수아는 신고하는 것이
자신의 의무라고 여겼다.

"어떤 부랑자가, 어떤 덜떨어진 술꾼이 그 몹쓸 짓
을 했을 거요. 농장에서 일하는 어떤 폴란드인 일꾼이
그랬을지도 모르지. 어쨌거나 범죄를 저지르고도 벌
을 받지 않은 인간은 언제든 또다시 절도나 살인의 유
혹에 쉽게 넘어갈 수 있다는 점을 생각해 봐요. 우리도
간접적으로 그 범죄에 책임이 있는 거요. 무고한 사람
의 피가 또다시 흐른다면, 그것은 부분적으로 우리의
잘못이 될 거요."

"콜레트는 뭐랍니까?" 내가 물었다.

"콜레트? 그 아이는 떠났어요." 엘렌이 말했다. "오

늘 아침 일찍 역까지 태워달라고 하고는 여덟 시 기차를 타고 느베르로 갔대요. 날 깨우고 싶지 않았다면서, 전날 장에게 선물로 받은 제정 시대 거울을 깨뜨렸는데 곧바로 고치고 싶었다고, 느베르에 나가는 김에 예전에 같은 기숙사에서 생활한 친구도 만나보고 이삼일 후에 돌아오겠다고 나한테 쪽지를 남겼더군요. 우리는 당연히 그 아이가 돌아올 때까지 기다렸다가 어떻게 할지 결정할 거예요. 불쌍한 것! 거울이 깨졌다는 얘기는 핑계예요! 실은, 그 소년 얘기에 충격을 받아서, 장의 이름이 사람들 입에 오르내리는 게 싫어서, 너무나 슬픈 기억을 상기시키는 이 고장에서 멀리 떨어져 있고 싶었던 거예요. 그 아이는 어릴 적부터 그랬어요. 할머니가 돌아가신 후로는 내가 할머니 얘기를 꺼낼 때마다 가만히 일어나서 방을 나가버렸죠. 어느 날 내가 왜 그러냐고 물어봤더니, '눈물을 참을 수가 없는데, 사람들 앞에서 울고 싶지 않아서 그랬어요'라고 대답하더군요."

콜레트가 시간을 벌려고 그러는 거라고, 아마 느베르에서 그들에게 진실을 알리는 편지를 쓸 거라고 나는 생각했다. 그래야 그녀가 그토록 두려워하는 직접적인 고백을 피할 수 있을 테니.

나는 또한 그녀가 신부를 찾아가 의논을 했을 수도 있겠다고 생각했다. 나는 그녀가 이미 오래전부터 그래왔으며, 신부가 그녀에게 무슨 일이 있었는지 가족에게 털어놓으라고 권하고는 그것이 그녀의 잘못에 대한 정당한 벌이라고 덧붙였다는 걸 나중에야 알았다. 하지만 사랑하는 부모가 고통스러워할까 봐 두려워서 그녀는 감히 입을 열지 못했다. 콜레트가 갑자기 떠난 이유를 여러모로 상상해 봤지만, 당연히 당시의 나는 그녀가 브리지트 드클로에게 대신 말해달라고 부탁한 사실을 알 수 없었다.

내가 프랑수아에게 말했다.

"엘렌의 말이 옳은 것 같아요. 사법당국이 남편과 자신의 사생활을 조사하면 콜레트가 많이 힘들어할 겁니다."

"맙소사! 그 가엾은 아이들은 감출 게 아무것도 없어요!"

내가 말했다. "살인자도 - 살인자가 있다면, 그 소년이 거짓말을 하지 않았다면 말이오 - 아마 이미 오래전에 이 고장을 떠났을 거예요."

하지만 프랑수아는 고개를 저었다.

"지금이라도 신고해서 잡지 않으면 그자가 욕구나 취기에 의해 충동을 느낄 때 또다시 범죄를 저지르는 걸 막지 못할 겁니다. 그자가 여기가 아니라 다른 곳에서 살인을 저지른다고 해서 내 책임감이 조금이라도 줄어들겠습니까? 나는 동쪽이든 서쪽이든, 북쪽이든 남쪽이든, 어디서든 그자가 저지를 수 있는 일에 대해 양심상 책임감을 느껴요."

프랑수아가 엘렌을 돌아보며 말했다.

"나는 이게 어떻게 논의의 대상이 될 수 있는지 이해할 수가 없어요. 당신의 반응이 참 뜻밖이에요, 엘렌. 너무나 올곧고 순수한 정신을 가진 당신이 단지 우리의 평화에 해가 될 수 있다는 이유로 사람의 목숨을 앗아간 범죄 행위를 그냥 덮어버리자고 하다니! 당신이 어떻게 그런 생각 속에 숨어 있는 비열함을 느끼지 않을 수 있단 말이오?"

"우리가 아니라 우리 자식의 평화예요, 프랑수아."

"의무는 부성애나 모성애와는 아무 상관이 없어요." 프랑수아가 부드럽게 대답했다. "이렇게 우리끼리 토론한들 무슨 소용이 있겠소? 콜레트가 곧 돌아올 테니 그때 가서 이 모든 것을 두고 오래 얘기해 봅시다. 확신하건대, 그 아이는 내 뜻에 따를 거예요."

시간이 흘렀고, 그들은 집으로 돌아갔다. 그들은 몽타로까지 걸어서 왔기 때문에 나에게 그들 집으로 같이 가자고 제안했다. 우리는 걸어가는 내내 암묵적인 동의로 아이들 얘기를 피했다. 하지만 나는 그들이 2년 전의 비극적인 사건과 전날 밤의 돌발사태만을 골똘히 생각하고 있다는 걸 알 수 있었다.

엘렌이 나에게 점심이나 먹고 가라고 권했다. 나는 그러겠다고 했다. 우리가 식사를 마치자마자 누가 초인종을 눌렀다. 하녀가 브리지트 드클로 부인이 찾아왔다고 전했다.

"부인께서 두 분께 드릴 말씀이 있답니다." 하녀가 덧붙였다.

엘렌의 얼굴이 백지장처럼 하얗게 질렸다. 프랑수아도 놀란 듯 보였지만 마침 작은 서재에서 커피를 마시고 있으니 방문객을 이리 모셔오라고 하녀에게 말하고는 브리지트 드클로를 맞이하기 위해 자리에서 일어섰다.

그 서재는 책으로 가득하고, 불가에 커다란 안락의자 두 개가 놓여 있는 매력적인 작은 방이다. 내 사촌

내외는 이십 년 넘게 그곳에서, 안락의자에 앉아 그는 책을 읽고 그녀는 뜨개질을 하면서 평온한 저녁 시간을 보내고 있다. 그들 사이에 놓인 괘종시계가 아무 후회 없는 심장의 박동처럼 천천히 평화롭게 째깍거리며 행복한 부부 생활의 한 장면을 보여준다.

브리지트가 들어와 호기심 어린 눈길로 방 안을 둘러보았다. 그녀는 이 방에 한 번도 들어와 본 적이 없었다. 콜레트가 결혼한 날 딱 한 번 내 사촌의 집을 방문하기는 했지만, 엄숙하고 어두운 거실 안쪽으로는 들어오지 않았다. 그곳에 있는 모든 것들이 행복과 서로를 향한 깊은 사랑을 말해주고 있었다. 사람은 거짓말을 하지만 꽃, 책, 초상화, 등불, 이 모든 것 위에 떠도는 낡고 부드러운 분위기는 얼굴들보다 훨씬 진실하다. 예전에는 나도 그 모든 것을 유심히 살폈고, '그들은 서로가 있어서 행복해하고 있어. 과거의 일들은 마치 없었던 것과 같아. 그들은 행복하고 서로를 사랑하고 있어'라고 생각했다. 나중에는 그게 너무나 명백해서 아예 생각조차 하지 않았다. 게다가 그것은 나와는 더는 아무런 상관도 없었다.

브리지트는 약간 더 창백하고 마른 듯 보였다. 이렇게 말할 수 있다면…… 뭐랄까, 덜 동물적이고 더 여성적이었다. 행복을 뽐내는 도도한 자신감이 많이 없어졌다는 뜻으로 하는 말이다. 그녀는 어딘지 모르게 불안해 보였고, 주변을 둘러보는 눈길 속에는 도전이나 앙심, 그와 동시에 호기심과 불안과 같은 설명할 수 없는 뭔가가 담겨 있었다. 그녀는 엘렌이 습관적으로 건넨 커피를 거절하고, 가늘게 떨리는 낮은 목소리로 말했다.

"에라르 씨, 저는 당신에게 사위분의 죽음과 관련해 마음먹고 계시는 계획을 실행에 옮기지 말라고, 사법 당국에 신고하지 말라고 간청하러 왔습니다. 이건 아주 심각한 사안이에요. 진실이 알려지면 그로 인해 새로운 불행들이 초래될 수밖에 없을 테니까요."

"새로운 불행들이 초래된다고? 누구에게?"

"두 분께요."

"누가 장을 죽였는지 아시오?"

"예. 제 약혼자인 마르크 오네가 그랬습니다."

프랑수아는 벌떡 일어나서 마음을 가라앉히기 위해 방 안을 왔다 갔다 하기 시작했다. 엘렌은 말없이 앉아 있었다. 브리지트는 잠시 기다렸다가 두 사람이 입을 열지 않는 것을 보고는 말을 이었다.

"마르크와 저는 며칠 후에 결혼할 거예요. 우리는 서로 사랑하고 있어요. 신고해서 끔찍한 추문이 퍼지면 우리의 삶은 망가지게 될 테고, 또 그렇게 해도 두 분의 불행한 사위가 살아 돌아오지는 못할 겁니다."

"하지만 부인, 당신이 지금 무슨 말을 하는지 알고나 있습니까……?" 프랑수아가 소리쳤다. "범인이 이름 모를 부랑자든 떠돌이든 아니면 당신 약혼자 마르크 오네든, 범죄가 저질러졌다는 사실에는 전혀 변함이 없어요. 범죄를 저지른 자는 반드시 심판을 받아야 합니다. 뭐라고요? 내 딸의 행복을 파괴한 당신이 감히 나에게 당신의 행복은 지켜달라고 사정을 해요? 두 남자가 당신 문제로 다퉜을 것 같은데, 아니에요? 두 남자가 당신 꽁무니를 쫓아다니다가 싸움이 벌어진 것 아닙니까?"

선량한 프랑수아에게는 딱 한 가지 결점이 있다. 세상사에 그리 익숙하지 않은 그는 크게 흥분하면 사람들이 흔히 말하듯 '마치 책을 읽듯' 자기 생각을 표현했다. 여태 잘 의식하지 못했는데, 왜인지는 모르겠지만, 그날만큼은 아주 뚜렷하게 느껴졌다. 그래서 나는 빙긋이 웃지 않을 수 없었다. 브리지트 역시 살며시 웃었다. 그 웃음에는 호의가 전혀 담겨 있지 않았다.

"에라르 씨, 맹세하건대 그 두 사람은 저 때문에 다투지 않았고, 장 도랭 씨가 저에게 구애한 적은 단 한 번도 없습니다. 지금 사위분을 모함하고 계시는 거예요. 그분은 아내에게 충실했고, 저 역시 그분에게 관심이 없었습니다. 저는 이미 4년 전부터 마르크 오네의 애인이었어요. 저는 그를 사랑하고 있고, 오로지 그만을 사랑했어요."

브리지트가 어디 해볼 테면 해보라는 표정으로 쳐다보자, 프랑수아가 버럭 화를 냈다.

"부끄럽지도 않소?" 그가 말했다.

"부끄러워요? 왜요?"

"사람은 나쁜 행동을 하면 부끄러워하는 법이오." 그가 차갑게 대답했다. "당신 남편은 나이가 많았지만, 당신에게는 그를 존중해야 할 의무가 있었소. 무일푼인 당신을 아내로 맞아들이고, 애지중지 보살피고, 그리고 결국 당신에게 큰 유산을 남긴 남자를 속인 건 역겨운 짓이오. 그의 돈으로 젊은 남자하고……."

"돈은 아무런 관련이 없어요."

"돈은 늘 관련이 있는 법이오. 나는 늙은 남자고, 당신은 아직 아이나 다름없소. 물론 당신 일은 나와는 관계가 없소. 하지만 당신이 이렇게 날 찾아와 당신 사정을 털어놓으니, 내가 당신이 보지 못하는 그 추함을 일일이 손가락으로 짚어줘도 되겠죠? 당신은 부당하게도 남편을 속였소. 그런데 그는 당신에게 큰 재산을 남겼고, 당신 약혼자와 당신은 그 재산으로 살아가게 될 거요. 퍽 아름다운 부부겠군! 하지만 당신 둘 사이에는 범죄의 기억이…… 당신 입으로 그 불행한 자가 우리의 가엾은 장을 죽였다고 하니 말이오. 당신들은 정말이지 아름다운 미래를 준비하고 있군요, 부인! 당신들은 지금 젊어요. 그래서 눈앞의 쾌락밖에 못 보죠. 당신 둘에게 노년이 어떨지 생각해 봐요."

"두 분의 노년만큼이나 평화롭겠죠." 브리지트가 낮은 목소리로 말했다.

"그럴 리가."

"확신하세요?"

브리지트의 말투가 너무나 묘해서 엘렌이 그녀를 향해 다가가려는 듯하다가 일종의 애원하는 듯한 한숨을 내쉬었다. 브리지트가 잠시 망설이는 듯하다가 말을 이었다.

"에라르 씨는 흠잡을 데 없는 도덕심을 갖고 계시는군요. 그런데 당신도 에라르 부인이 전남편과 사별했을 때 결혼하지 않았나요?"

"지금 무슨 얘길 하려는 거요? 감히 당신 자신을 내 아내와 비교하다니!"

"부인을 모욕하려는 게 아니라 그냥 물어보는 거예요……." 브리지트가 여전히 낮고 단조로운 말투로 대답했다. "에라르 부인도 저처럼 병들고 늙은 남편과 첫 결혼을 하셨죠. 부인은 그분에게 충실하셨는데, 그 충실함이 늘 수월하고 기분 좋으셨나요?"

"내가 첫 남편을 사랑하지 않은 건 사실이지만, 그와 억지로 결혼한 건 아니었어요. 따라서 나로서는 불만이 있을 게 없어요. 당신 역시……." 엘렌이 말했다.

"많은 것이 우리의 의지를 꺾어놓죠. 예를 들면, 가난이나 버림받음 같은……." 브리지트가 쓸쓸하게 말했다.

"오, 버림받음……."

"그래요. 제가 버림받지 않았다고 생각하세요?"

"쿠드레 양이……."

"쿠드레 아줌마는 저를 위해 할 수 있는 모든 걸 했어요. 생모를 대신해 엄마 노릇을 했죠. 생모가 나에게는 관심조차 보이지 않았거든요. 쿠드레 아줌마가 죽고 저 혼자 남게 되었을 때도 그녀는 소식 한 자 보내지 않았어요. 그래서 나한테 관심을 보이는 첫 남자와……. 스무 살 처녀가 예순 살 농부와 좋아서 결혼했을 거라고 생각하세요? 거칠고 인색한 늙은이가? 좋아서? 억지로 결혼한 건 아니라고 하셨죠? 두 분의 따님, '합법적인'(그녀는 이 말을 강조했다) 따님 콜레트는 좋아서 장 도랭과 결혼했어요. 하지만 그게 그녀가 마르크 오네의 애인이 되는 걸 막진 못했죠. 따님한테 직접 물어보세요. 장 도랭이 집을 비우는 밤마다 어떻게 마르크를 집으로 들였는지, 장 도랭이 그 사실을 어떻게 알게 되었는지, 또 그가 어떻게 죽었는지 털어놓을 테니."

브리지트는 무슨 일이 있었는지 말했다. 프랑수아와 엘렌은 사색이 되어 그녀의 얘기에 귀를 기울였다. 엘렌의 얼굴에 눈물이 흐르자 브리지트가 물었다.

"지금 따님 때문에 우는 거예요? 진정하세요, 괜찮아질 테니. 그녀는 잊을 거예요. 모든 건 잊히니까. 사람은, 에라르 씨가 말씀하신 것처럼, 나쁜 행동, 심지어 범죄에 대한 기억을 갖고도 아주 잘 살아요. 부인도 아주 잘 사셨잖아요." 그녀가 엘렌을 향해 돌아보며 덧붙였다.

"오, 범죄는 아니……." 가엾은 엘렌이 약하게 항의했다.

"난 그걸 범죄라고 불러요. 아이를 낳아서 버리는 것 말이에요. 어쨌거나 그건 사랑하지 않는 늙은 남편을 속이는 것보다 훨씬 나빠요. 에라르 씨, 당신은 어떻게 생각하세요?"

"도대체 무슨 말을 하는 거요?"

온몸을 부들부들 떨었지만 놀랍게도 냉정을 되찾은 엘렌이 브리지트에게 입을 다물라는 손짓을 했다. 그녀가 남편을 돌아보며 말했다.

"당신도 알아야 하니 차라리 내 입으로 말해줄게요. 저 아이는 저렇게 말할 권리가 있어요. 우리가 결혼하기 전에 나한테 남자가 있었어요(고통으로 주름진 그녀의 얼굴이 붉어졌다). 정을 나눈 게 몇 주밖에 안 되는데 아이가 생겼어요. 무슨 일이 있었는지 당신에게 털어놓고 싶지도 않았고, 이 아이를 당신에게 떠맡기고 싶지도 않았어요. 하지만 아이를 버리고 싶지도 않았어요. 그래요, 이 아이는 버림받았다고 하지만 나는 버리고 싶지 않았어요. 내 이복언니 세실 쿠드레는 당시 혼자 자유롭게 살았어요. 그래서 브리지트를 맡아 키 웠죠. 나는 브리지트가 행복하다고 믿었어요. 그러다 보니 서서히……."

그녀가 잠시 입을 다물었다.

"서서히…… 잊었죠." 브리지트가 말했다. "저는 진작 부터 알고 있었어요……. 어느 날, 당신은 당신의 남편, 그리고 당시 아직 어렸던 콜레트와 함께 쿠드레에 들 렀죠. 콜레트가 목이 말랐는지 칭얼댔어요. 당신이 콜 레트를 무릎에 앉히고 꼭 안아주었죠. 콜레트는 너무 나 예쁜 원피스를 입고 있었고, 목에는 금목걸이를 하 고 있었어요……. 난…… 얼마나 질투가 나던지. 당신 은 날 쳐다보지도 않았어요……."

"감히 그럴 수가 없었어……. 네가 내 딸이라는 게 탄로 날까 봐 너무나 두려워서……."

"그건 사실이 아니에요. 당신은 그냥 날 잊었던 거 예요. 난 진작부터 알고 있었어요. 세실 아줌마가 말해 줬거든요. 당신의 이복언니 세실은 당신을 미워했어요. 거의 자신도 모르게 미워했죠. 당신은 그녀보다 젊고, 예쁘고, 행복했어요. 왜냐하면 당신은 실제로 행복했으 니까요. 이제 아시겠죠. 그러니 나도 당신처럼 하게 그 냥 내버려 두세요. 당신을 성녀라고 믿고 있는, 그래서 자신을 있는 그대로 당신에게 보여주기보다는 차라리 죽는 쪽을 택할 콜레트에게 너무 엄하게 굴지 마세요. 난 부끄러움 같은 거 모르니 괜찮아요. 이제 신고하지 않으실 거죠, 그렇죠, 에라르 씨? 이건 우리 가족사이 니 우리만 알고 있어야 해요."

브리지트는 기다렸지만, 대답은 돌아오지 않았다. 그녀가 일어나서 서두르지 않고 핸드백과 장갑을 챙기고는 벽난로 위에 걸린 거울 앞까지 걸어가 모자를 고쳐 썼다. 바로 그 순간 하녀가 커피잔을 치우러 왔다. 하녀의 거동은 조심스러웠으나 호기심으로 가득했다. 엘렌이 정원을 가로질러 철책까지 브리지트를 배웅했다.

"여기서 내가 할 일은 없을 것 같군요. 입에서 내뱉고 금방 후회할 말들을 할 것 같으니까 나는 그만 가보겠소." 내가 말했다.

엘렌이 나를 향해 깊은 눈길을 던지며 말했다.

"염려 마세요, 실비오."

프랑수아는 내 인사에 응하지도 않고 넋 나간 표정으로 앉아 있었다. 미동도 없이 앉아 있는 그는 갑자기 늙어 보였고, 쉽게 상처받는 그의 어떤 면모가 다시 모습을 드러내고 있었다. 그는 치명상을 입은 사람의 표정을 짓고 있었다.

나는 그들과 헤어졌지만 집으로 돌아가지는 않았다. 내 심장이 그 어느 때보다 더욱 세차게 두근거렸다. 과거 전체가 되살아났다. 마치 내가 이십 년 동안 잠에 빠져 있다가 독서를 멈춘 곳에서 다시 시작하기 위해 깨어난 것 같았다. 나는 나도 모르게 서재 창문 바로 아래에 있는 벤치로 향했다. 그곳에서는 서재에서 나누는 대화가 들려왔다. 아주 오랫동안 아무 소리도 들리지 않았다. 이윽고 프랑수아가 입을 열었다.

"엘렌……"

나는 무성한 장미 덤불에 반쯤 가려져 있었지만 서재 내부를 볼 수 있었다. 나는 남편과 아내가 손을 잡고 나란히 앉아 있는 걸 보았다. 그들은 단 한 마디의 말도 나누지 않았다. 단 한 번의 입맞춤, 단 한 번의 눈길만으로도 죄를 덮을 수 있었을 것이다. 그런데 그가 머뭇거리며 아주 낮은 목소리로 물었다.

"누구요?"

"이미 죽었어요."

"내가 아는 사람이오?"

"아뇨."

"그 사람을 사랑했소?"

"아뇨. 내가 사랑한 사람은 당신뿐이에요. 우리가 결혼하기 전에 있었던 일이에요."

"하지만 우리는 이미 서로 사랑하고 있었잖소. 적어도 나는 그때 이미 당신을 사랑하고 있었소."

"다 지나간 일을 지금에 와서 어떻게 설명하라는 거예요?" 그녀가 소리쳤다. "이십 년도 더 지난 일이에요. 며칠 동안 나는 '나 자신'이 아니었어요. 마치…… 마치 누가 내 삶 속으로 불쑥 난입해 나 대신 사는 것 같았어요. 그 불쌍한 아이는 나더러 잊었다고 비난해요. 그래요, 난 잊었어요! 물론 무슨 일이 있었는지는 잊지 않았죠. 출산 전의 끔찍했던 몇 달도, 출산 그 자체도, 그 일시적인 사랑도……. 하지만 나를 그렇게 행동하게 만든 동기들은 잊었어요. 이제는 내가 그때 왜 그랬는지 도무지 이해가 안 돼요. 그것은 마치 한때 알았지만, 지금은 까맣게 잊어버린 외국어 같아요."

엘렌은 열띤 어조로 아주 빨리, 아주 낮게 말했다.

나는 온 신경을 곤두세우고 귀를 기울였지만, 때때로 대화의 끈을 놓치고 말았다. 프랑수아의 목소리가 다시 들려왔다.

"……서로 사랑한다고 믿었는데…… 긴 세월 끝에 다른 여자를 발견하다니…….."

"난 같은 여자예요. 프랑수아! 오, 내 사랑…… 실제와 다른 여자, 가면과 거짓으로 이뤄진 가짜 여자를 가진 건 그 남자였어요. 진짜는 오직 당신만의 것이에요. 날 봐요. 당신의 삶을 안락하게 해주고, 이십 년 전부터 매일 밤 당신 품에서 잠이 들었던 바로 당신의 엘렌이에요. 당신의 집을 돌보고, 당신의 아픔을 멀리서도 느껴 당신보다 더 아파하고, 전쟁터로 나간 당신 걱정에 벌벌 떨면서, 오로지 당신만을 생각하면서, 오로지 당신만을 기다리면서 오 년의 시간을 보낸 여자, 그게 바로 나예요."

엘렌이 말을 중단했고 아주 긴 침묵이 흘렀다. 나는 숨을 참으며 숨어 있던 곳에서 슬며시 빠져나왔다. 정원을 가로질러 길가로 나선 나는 아주 빠르게 걸었다. 까맣게 잊고 있었던 열기가 내 뼛속에서 되살아나는 것 같았다. 이상한 일이었다. 나에게 엘렌은 아주 오래전부터 더는 여자가 아니었다. 내가 콩고에서 데리고 살았던 어린 흑인 여자나 캐나다에 있었을 때 이 년 남짓 함께 살았던, 우윳빛 피부를 가진 빨간 머리 영국 여자가 생각나는 경우가 가끔 있기는 했다…….. 하지만 엘렌은! 어제만 해도 내가 '오, 그래, 맞아, 엘렌……!'이라고 중얼거리기 위해서는 어느 정도의 정신적 노력이 필요했을 것이다. 그것은 마치 고대인들이 써놓은 관능적인 이야기 위에 훗날 수도사들이 간단한 채색 삽화를 넣어가며 어떤 성인의 삶을 끈기 있게 기록해 둔 양피지와 같았다. 이십 년 전의 여자는 오늘의 엘렌에 가려져 영원히 사라지고 없었다. 그녀는 오늘의 엘렌이 하나밖에 없는 진짜 자신이라고 했다. 나는 나도 모르게 큰소리로 외쳤다. "아냐! 거짓말이야!"

잠시 후, 나는 실없이 흥분한 나 자신을 비웃었다. 결국 문제는 무엇일까? '진짜 여자를 누가 알까? 연인일까, 남편일까? 진짜와 가짜는 정말 서로 그렇게 다를까? 아니면 나눌 수 없을 정도로 교묘하게 섞여 있을까? 그것도 아니면, 합쳐졌을 때 다른 두 여자 중 어느쪽도 닮지 않은 세 번째 여자를 만들어내는 두 성분으로 이루어져 있을까?' 그것은 결국 진짜 여자는 남편도 연인도 모른다는 뜻이 될 것이다. 그래도 그건 그냥 여자였다. 하지만 나는 마음들이 그렇게 단순하지 않다는 걸 알 정도로 오래 살았다.

나는 내 집에서 그리 멀지 않은 곳에서 내 이웃 중하나, 소들을 끌고 오는 조 영감을 만났다. 그래서 우리는 잠시 함께 걸었다. 그는 뭔가 궁금해서 입이 근질근질하면서도 물어보길 망설이는 것 같았다. 내가 그와 헤어져 집으로 들어가려는데 그가 결심이라도 했는지, 뿔이 칠현금 모양으로 생긴 아름다운 다갈색 소의 옆구리를 건성으로 툭툭 치며 물었다.

"사람들 말로는 드클로 부인이 땅을 팔아치울 거라던데, 사실이에요?"

"전 금시초문인데요."

그는 실망한 듯 보였다.

"하지만 그 사람들, 이 고장에서는 못 살 텐데."

"왜요?"

내 질문에 그는 희미하게 웅얼거렸다.

"뜨는 게 나을 텐데……."

그러고는 덧붙였다.

"에라르 씨가 신고할 거라고들 하던데요? 도랭 씨가 살해당했고, 마르크 오네가 그 일에 연루됐을 거라고."

내가 대답했다.

"그럴 리가요. 에라르 씨는 워낙 신중한 분이라 농장 꼬마의 헛소리 외에 다른 증거를 손에 쥐지 않고는 사법당국을 찾아가지 않을 겁니다. 세상 돌아가는 걸 잘 알고 계시는 것 같아서 말씀드리는 거예요, 조 영감님. 사람이 부당하게 고소를 당하면 증거 없이 자신을 모함하는 사람들에게 해코지를 할 수도 있다는 걸 잊지 마세요. 아시겠습니까?"

조 영감이 가는 막대를 쳐들어 주변의 소들을 모으면서 말했다.

"그래도 사람들이 수군대는 걸 막을 수는 없어요. 물론 이곳에서 소송 사건에 엮이고 싶어 하는 사람은 아무도 없지만요. 가족이 움직이지 않으면 아무도 대신 나서지는 않을 겁니다. 그건 확실해요. 하지만 드 클로 부인과 마르크 오네를 잘 아시니 말씀드리는 건데……."

"전 그들을 잘 모릅니다……."

"가진 것을 처분하고 떠나라고 하세요. 그게 더 나을 거라고."

그가 손가락 끝으로 챙 모자를 잡으며 '그럼 안녕히'라고 웅얼거리고는 멀어져 갔다. 해가 지고 있었다.

16

내가 마을 술집에 있다가 너무 늦게 귀가해서 하녀가 걱정하고 있었다. 나는 술을 마셨다. 내가 취할 정도로 술을 마시는 일은 절대 없다. 나는 음주를 반대하는 사람은 아니다. 야생에서 고독하게 사는 나에게 술은 동반자라 할 수 있다. 마치 여자처럼 나를 진정시켜 준다. 하지만 나는 대대로 식사 때마다 술을 우유처럼 퍼마신 부르고뉴 농부 집안의 후손이다. 그래서 나는 늘 냉정을 잃지 않는다. 하지만 그날 밤, 나는 정상적인 상태가 아니었다. 포도주는 날 진정시켜 주기는커녕 내 속을 뒤집어 놓으며 일종의 격분을 불러일으켰다. 내 늙은 하녀가 그토록 꾸물댄 적은 한 번도 없었다. 마치 일부러 그러는 것 같았다. 나는 마치 누군가를 기다리기라도 하듯 그녀가 얼른 가주기를 바랐다. 아닌 게 아니라, 나는 내 청춘을 기다리고 있었다. 우리가 그것을, 그 지고한 감미로움을 돌아본다면 지나간 시절의 추억은 우리에게 더 자주 찾아올 것이다.

하지만 우리는 그것을 우리 안에서 잠자게 내버려 둔다. 그보다 더하다! 죽어가게, 썩어가게 방치해서 우리는 스무 살 적에 우리를 일으키는 영혼의 너그러운 움직임들을 나중에는 순진함, 어리석음이라 부른다. 뜨겁고 순수했던 우리의 사랑이 가장 천박한 쾌락의 퇴폐적인 외피를 두른다. 그날 밤, 과거를 되찾은 것은 내 기억만이 아니었다. 내 가슴도 그랬다. 그 분노, 그 안달, 그 강렬한 행복의 욕구, 나는 그것들을 알아보았다. 하지만 나를 기다리는 건 살아 있는 여자가 아니라 내 꿈들과 같은 직물로 지어진 유령이었다. 추억이었다. 전혀 손에 잡히지 않고, 전혀 뜨겁지 않은. 심장이 말라버린 이 늙은 인간아, 너에게도 열기가 필요하느냐? 나는 집을 둘러본다. 그러고는 깜짝 놀란다. 한때 그토록 야심만만하고 활동적이었던 내가 하루하루 발을 질질 끌며 침대에서 식탁으로, 식탁에서 다시 침대로 오가면서 이렇게 살 수 있단 말인가? 내가 어떻게 이렇게 살 수 있지? 나는 더는 존재하지 않는다. 나는 이제 아무것도 생각하지 않고, 아무것도 사랑하지 않고, 아무것도 욕망하지 않는다. 내 집에는 신문도 책도 없다. 나는 불가에서 잠이 들고, 파이프 담배를 피운다. 개를 쓰다듬고 하녀와 얘기를 나눈다. 그게 다다. 그 외에는 아무것도 없다. 돌아와다오, 내 젊음이여, 돌아와다오. 내 입으로 말을 해다오. 너무나 이성적이고, 너무나 정숙한 엘렌에게 거짓말 말라고 말해다오. 그녀의 연인은 죽지 않았다고, 그녀가 나를 너무나 빨리 묻어버렸다고, 내가 생생하게 살아 있고 모든 것을 기억하고 있다고 말해다오. 그녀의 말은 거짓이었다! 그녀 속에 갇힌 진짜 여자, 쾌락을 사랑하는 뜨겁고 쾌활하고 당돌한 여자를 알았던 것은 바로 나다. 오로지 나뿐이다! 프랑수아가 가진 건 무덤의 비문만큼이나 거짓된, 그 여자의 창백하고 차가운 이미지뿐, 나는, 나는 지금은 죽은 걸 가졌다. 나는 그녀의 젊음을 가졌다.

이런……. 이 마지막 잔이 나를 이상한 흥분 상태에 빠트렸다. 자제해야만 한다. 하녀가 놀란 눈으로 나를 쳐다본다. 수프가 이미 오래전부터 식탁에 놓여 있다. 나는 부엌에 있는 커다란 밀짚 안락의자에 앉아 뭔가를 끄적이고, 담배를 피우고, 쓰다듬어 주기를 원하는 개를 발길질로 밀어낸다. 우선, 혼자가 되어야 한다. 이유는 나도 모르겠다. 오늘 밤 나는 내 집에 사람이 있는 걸 참아내지 못할 것이다. 내가 원하는 건 유령들뿐이다……. 나는 시장하지 않다며 하녀 루이즈에게 식탁을 치우고 어서 집으로 돌아가라고 말한다. 그녀가 닭장을 잠근다. 그 모든 친근한 소리……. 징징대는 덧창, 삐걱대는 고리, 긴 한숨 소리와 함께 우물 속으로 내려가 그 차가운 물 속에 백포도주 병과 버터 덩어리를 내일까지 보관하게 될 두레박……. 나는 바로 앞에 있는 술병을 밀어낸다. 밀어내다가 생각을 고쳐먹는다. 나는 술병을 다시 잡아 잔을 채운다. 술은 내 생각에 극도의 명석함을 부여한다. 자, 엘렌, 둘이 한번 가려보자고!

그래, 바로 당신, 당신은 남편에게 이십 년 전에 있었던 일이 한때의 미친 짓에 지나지 않았다고 말하는 고결한 여자지. 정말 그래? 한순간의 미친 짓? 하지만 당신이 정말로 산 건 그때뿐이었어. 그 이후로 당신은 사는 척만 했어. 사는 시늉만 했지. 단 한 번밖에 맛보지 못하는 삶의 진정한 맛, 당신도 알다시피 젊은 입술에서 나는 그 과일 맛, 당신은 내 덕에, 오로지 내 덕에 그 맛을 봤어. '가엾은 실비오, 쥐구멍 같은 곳에서 늙어가는 내 가엾은 실비오.' 그런데 정말 날 잊었던 거야? 공정해야 하니까 말하는데, 나도 당신을 까맣게 잊고 있었어. 내가 나를 되찾기 위해서는 브리지트의 말, 어제 콜레트가 보여줬던 부질없는 절망과 부끄러움, 그리고 무엇보다 과하게 마신 포도주가 필요했어. 하지만 당신이 거기 있는 한, 나는 당신을 그렇게 쉽게 놔주지 않을 거야. 확신해도 좋아. 진실? 당신은 진실을 내게서 듣게 될 거야. 예전에 내가 처음으로 당신의 몸이 얼마나 아름다운지, 그것이 당신에게 얼마나 경이로운 행복의 원천인지 깨닫게 해줬을 때 들었던 것처럼(당신은 원하지 않는 척했어. 소심하고 순수했으니까, 당시에는……. 입맞춤, 좋아요, 하지만 그 이상은 안돼요……. 그래도 당신은 넘어갔어. 오, 당신은 얼마나 탐나는 여자였는지). 그리고 우리가 얼마나 서로 사랑했는지……. '그건 미망에 빠진 한순간, 광기에 휘둘린 몇 주였어요. 그때를 떠올리면 소름이 돋아요.' 이렇게 말하긴 아주 쉽지. 하지만 당신도 진실을 지우진 못할 거야. 우리가 서로 사랑했다는 진실을. 당신은 프랑수아의 존재조차 까맣게 잊을 정도로, 나를 잃느니 차라리모든 걸 받아들일 정도로 나를 사랑했어. 오, 조금 전에 콜레트가 남편이 집을 비운 사이에 그 목가적인 물랭뇌프로 외간 남자를 들였다는 사실을 알았을 때 당신은 늙어가는 선량한 부인, 자식들을 돌보는 착한 엄마로서 아연실색한 표정을 짓더군! 그럼, 당신은 어땠지? 당신 딸이 누굴 닮았겠어? 브리지트 역시 우리 둘을 닮았어. 그 아이들은 생생하게 살아 있지만, 우린 이십 년 전에 죽었어. 우린 이제 아무것도 사랑하지 않으니까. 이게 바로 진실이야. 프랑수아를 사랑한다고, 당신 입으로 나한테 그렇게 말하면 안 되지, 안 그래? 그래, 그는 당신의 친구, 당신의 남편이야. 함께 지내는 데 익숙해졌지. 당신과 프랑수아는 오빠와 누이처럼 살아갈 수 있을 거야. 아닌 게 아니라, 룰루가 태어난 이후로 당신 둘은 오빠와 누이처럼 살았어. 하지만 당신은 결코 그를 사랑하지 않았어. 당신은 날 사랑했어. 자, 들어봐, 내 곁으로 와서 떠올려봐! 그 사이에 위선적으로 변한 거야? 아니야, 내가 늘 생각해 왔듯이 당신은 다른 사람이야. 당신이 뭐라고 말했더라……? 그래, 스무 살 시절에는 누가 갑자기 우리의 삶에 끼어들지. 날개가 달리고 눈부시게 찬란한 낯선 이가 길길이 뛰며 우리의 피에 불을 붙이고 우리의 삶을 망가뜨린 다음 훌쩍 가버리지. 그렇게 영영 사라져 버리지. 나는, 나는 할 수만 있다면 그 낯선 이를 되살리고 싶어. 내 말을 들어봐. 날 봐. 날 못 알아보겠어? 희고 추웠던 그 큰 복도, 당신의 늙은 남편(프랑수아 말고 첫 번째 남편, 너무 오래전에 죽어서 지금은 아무도 이름을 입에 올리지 않는 바로 그 남편), 침대에 누워 있던 그 남편을 떠올려봐. 그의 침실 문이 살짝 열려 있었지. 질투가 심하고 의심도 많았으니까. 당신과 내가 입을 맞췄을 때, 전등 불빛 탓에 천장에 비친 그 큰 그림자, 내가 가끔 꿈에서 다시 보는 그 그림자, 그게 바로 당신이라고, 그게 바로 나라고 우리는 생각해 왔어. 하지만 사실 그건 당신도 나도 아니었어. 그건 우리와 비슷해도 우리와는 다른, 이미 오래전에 사라져 버린 낯선 사람의 얼굴이었어!

엘렌, 내 사랑, 우리가 처음으로 만난 날 기억나? 프랑수아는 당신이 아주 어릴 적에 당신을 알았어. 콜레트가 약혼을 하고 우리 집에 모여 펀치를 마셨을 때, 프랑수아가 당신들 두 사람의 과거 얘기를 했지. 그건 나랑 상관이 없어. 난 당신이 어릴 때가 아니라 여자일 때, 늙은 남편에게 매인 채 프랑수아와 결혼하기 위해 그가 죽기만을 기다릴 때, 당신을 알았어. 프랑수아는 그때 외국에 있었지. 그는 보헤미아의 한 대학교에서 프랑스어를 가르치고 있었어. 나는 긴 여행에서 돌아왔고, 당신은 젊고 아름다웠어. 그리고 삶을 따분해하고 있었지. 그래, 조금만 기다려봐. 우리 함께 기억을 정리해 보자고.

17

엘렌의 첫 남편은 몽트리포 집안의 사람으로 내 어머니의 사촌이었다. 엘렌이 결혼했을 당시 나는 아프리카에 있었다. 1914년 전쟁 전의 일이었다. 내가 고향을 떠났을 때 엘렌은 아직 어린애였다. 하지만 어머니가 나에게 그녀의 결혼 소식을 알렸을 때 – 어머니는 매주 나에게 일종의 일기를 써서 보냈는데, 아마도 나에게 향수를 불어넣으려고, 그래서 돌아오고 싶게 하려고 고향 일과 사람들 얘기만 했다 – 잘 알지도 못하는 그 여자아이를 오랫동안 생각했던 기억이 난다. 찌는 듯 더운 밤, 열대 가옥, 방 한구석에 켜진 등, 파리를 쫓아 흰 벽을 내달리는 도마뱀, 그리고 녹색 터번을 쓴 흑인 아가씨 피페가 떠오른다. 나는 편지를 읽고 있었다. 그러면서 꿈에 빠져들었다. 나는 어울리지 않는 그 결합을 상상했고, 갑자기 나도 모르게 소리쳤다. "참 아쉽군."

미래를 예견하는 게 불가능하긴 해도, 아주 강렬한

어떤 감정들은 가슴의 이상한 떨림을 통해 몇 달 혹은 몇 년 전에 미리 느껴진다고 나는 생각한다. 예를 들어, 나는 해 질 무렵의 역에서 늘 어떤 불길한 슬픔을 느꼈는데, 그 이유를 도무지 이해할 수 없었다. 그런데 몇 년 후 전쟁이 터지고 병사가 된 나는 환승역에서 나를 전선으로 실어 갈 기차를 기다리다가 그 슬픔을 '알아보았다'. 마찬가지로 사랑도 내 삶에 들어오기 몇 년 전에 이미 어떤 숨결처럼 내 가슴 위를 지나갔다. 그날 밤, 나는 더웠고, 갈증이 났고, 신열을 앓았고, 비몽사몽 하다가 결국 잠이 들었다. 꿈에서 나는 한 여자, 프랑스 여자, 내 고향 처녀와 함께 있었다. 하지만 내가 다가갈 때마다 그녀는 내게서 달아났다. 내가 팔을 뻗었고, 한순간 내 손가락이 눈물로 뒤덮인 신선한 뺨에 닿았다. 나는 생각했다. '이 젊은 여자가 왜 울까? 안아주려는데 왜 자꾸 달아날까?' 그녀를 나에게로 끌어당기려 할 때마다 그녀는 사라졌다. 나는 일요일에 성당에 모인 사람들 무리, 검은색의 헐렁한 작업복을 입은 농부들 무리 속에서 그녀를 찾아다녔다. 이 모습이 세세하게 기억나기까지 한다. 어딘지 모를 곳에서 불어온 거센 바람이 그 작업복들을 돛처럼 부풀게 했다. 꿈에서 그 젊은 여자의 얼굴이 가려져 있었지만 나는 꿈에서 깨어나자마자 이렇게 중얼거렸다. "이런, 내가 몽트리포와 결혼한 엘렌 꿈을 꿨군."

그로부터 2년 후 나는 마침내 프랑스로 돌아왔다.

내 좋을 대로 살게 내버려 뒀다면, 말하자면 종일 숲을 돌아다니다가 어머니 곁에서 저녁 시간만 보내게 했다면, 어머니는 계속 나를 곁에 붙들어둘 수도 있었을 것이다. 하지만 당연히 그녀는 나를 결혼시키고 싶어 했다. 우리 고향에서는 혼기가 찬 마을 처녀들을 모두 초대해 성대하고 엄숙한 잔치를 벌이는 동안 혼사가 이뤄진다. 남자들은 경매 참가자가 매물로 나온 각 물건의 가격을 미리 알고 경매장을 찾는 것처럼 자신이 제시할 수 있는 결혼 지참금을 염두에 두고 그 자리에 참석한다. 그런데 이 두 경우 모두 액수가 얼마나 올라갈지는 아무도 모른다.

내 고향의 저녁 식사! 숟가락이 꽂힐 만큼 걸쭉한 수프, 인근 못에서 잡은, 아주 크고 토실해도 가시가 얼마나 많은지 입에 넣으면 가시투성이 나뭇단 같은 곤들매기. 하지만 아무도 말을 하지 않는다. 사람들은 그 굵은 목덜미를 앞으로 숙인 채 외양간의 황소들처럼 천천히 씹는다. 곤들매기에 이어 첫 번째 고기 요리로는 주로 구운 거위가 나오고, 이어서 소스를 뿌리고 허브와 포도주 향을 입힌 두 번째 고기 요리가 나온다. 그런 다음 칼끝으로 치즈를 꽂아 먹고 나면 끝으로 계절에 따라 사과나 버찌 투르티에르가 나온다. 그런 다음에는 거실로 건너가 분홍색 드레스를 입고 빙 둘러서 있는 처녀 중에서(전쟁 전에는 선을 보러 나오는 젊은 여자들은 모두, 당과의 밋밋한 분홍색에서 얇게 썬 햄의 투박한 분홍색까지, 분홍색 드레스를 입었다), 목에는 작은 금목걸이를 걸고, 머리카락은 쪽을 지어 목덜미 위로 늘어뜨리고, 붉은 손에는 풀솜실 장갑을 낀 처녀 중에서 자기 삶의 동반자를 고르기만 하면 된다. 그 처녀 중에는 세실 쿠드레도 있었다. 그녀는 당시 서른둘 혹은 서른세 살이었지만, 사람들은 혹시 그녀의 짝을 찾

아줄 수도 있을지 모른다는 희망을 안고 그녀를 초대
했다. 생기를 잃어 메마른 그 가엾은 처녀는 처녀성을
알리는 분홍색 드레스를 억지로 껴입고 입술을 앙다문
채 이미 결혼해서 행복해 보이는 이복동생과 멀지 않
은 곳에 앉아 있었다.

　내가 엘렌을 처음 본 날 그녀는 당시에, 그리고 고
향 마을에서 머리카락이 검은 젊은 부인에게는 너무
과감하다고 여겨지는 붉은색 벨벳 드레스를 입고 있었
다……. 당시의 그녀를 묘사하고 싶지만 그럴 수가 없
다. 어쩌면 내가 처음부터 우리가 탐하는 모든 것에 대
해 그렇듯 그녀를 너무 가까이에서 봤는지도 모른다.
당신은 당신이 깨무는 과일의 형태와 색깔을 알고 있
는가? 내가 엘렌을 사랑했던 만큼 남자가 어떤 여자
를 사랑하게 되면, 남자는 첫만남에 입을 맞출 수 있
을 정도로 가까운 거리에서 그녀를 바라보게 되는 듯
하다. 검은 눈, 금빛 피부, 붉은색 벨벳 드레스, 열렬하
고 쾌활한 동시에 혼란스러운 기색, 도발, 불안, 충동
이 묻어나는 젊은 여자 특유의 표정……. 아직도 기억
난다……. 드클로 영감이 죽을 무렵의 나이쯤 됐을 그
녀의 남편은 농부가 아니었다. 디종에서 오랫동안 공
증인으로 일했던 그는 돈이 많았다. 결혼을 몇 달 앞두
고 일을 그만둔 그는 지금 엘렌이 물려받아 프랑수아
와 함께 사는 그 집을 매입했다. 키가 크고 하얗고 허
약하고 투명한 노인이었다. 내 어머니 말로는, 아주 탁
월한 미남이라 한때는 바람둥이로 유명했다고 한다.
그는 젊은 아내를 잠시도 가만두지 않았다. 그녀가 조
금이라도 멀리 떨어지면, 그는 숨결처럼 가벼운 목소

리로 "엘렌"이라고 불렀다. 그러면 그녀는…… 오, 안달을 부리는 그 움직임, 어린 말이 채찍 끝으로 살짝 건드리면 움찔하는 것처럼 당시엔 야위었던 어깨를 가볍게 움찔했다……. 화가 난 듯한 그 몸짓을 보는 즐거움, 그녀가 자신에게 복종한다는 걸 느끼는 쾌감을 맛보려고 그가 그녀를 그렇게 불러댔을 거라고 나는 생각한다. 나는 그녀를 보았고, 아프리카에서 꾸었던 꿈을 떠올렸다.

나에게도 젊은 한때가 있었다. 나는 궁금하다. 당시의 내 얼굴이 어떤 기억의 밑바닥에 아직 그대로 남아 있을까? 물론 엘렌은 그것을 잊었다. 하지만 어쩌면 두 번 다시 나를 보지 못한 채 지금은 할머니가 되어버린 그 분홍색 드레스 차림의 처녀 중 하나는 태양에 그을린 구릿빛 피부에 날카로운 치아를 드러내는 검은색 콧수염을 기른 그 야윈 청년을 기억하고 있을지도 모른다. 나는 언젠가 콜레트를 웃겨주려고 끝을 살짝 말아 올린 그 콧수염 얘기를 한 적이 있다. 아니, 나는 사람들이 상상하는 그런 1910년대의 청년, 머리 가운데 가르마를 타고 포마드를 잔뜩 바른 그런 청년이 아니었다. 나는 오늘날의 청년들보다 훨씬 민첩하고 강하고 쾌활하고 모험을 즐겼다. 마르크 오네가 당시의 나를 약간 닮았다. 나도 그처럼 과한 도덕심에 질식하지 않았다. 나도 질투에 사로잡힌 남편을 물에 던져버릴 수 있었을 것이다. 술을 마시고, 이웃의 여자를 유혹하고, 몸싸움을 벌이고, 더 심한 피로와 더 혹독한 기후를 견뎌낼 수 있었을 것이다. 나에게도 젊은 한때가 있었다.

우리의 첫 만남은 그렇게 이루어졌다. 지방 촌마을의 거실, 살며시 열려 건반이 드러나는 커다란 피아노, 연어 살빛의 드레스를 입고 〈어제보다는 낫고 내일보다는 못한 오늘〉을 부르는 세실 쿠드레, 꾸벅꾸벅 졸면서 구운 거위와 토끼 시베[1]를 힘겹게 소화하는 사람들, 너무나 가까워서 꿈속에서처럼 손만 뻗으면 닿을 수 있는, 너무나 가까워서 섬세하고 신선한 피부의 향기가 느껴지는 붉은 드레스 차림의 여자, 너무나 가까운, 하지만 너무나 먼…….

---

1 스튜 요리.

18

나는 그날 밤 집으로 돌아가면서 엘렌을 다시 만나
겠다는 의지를 다지고 유혹의 계획을 치밀하게 짰다.
그녀는 겨우 스무 살, 늙은 남편이 있었지만 아름다웠
다. 그녀가 나에게 오래 저항하는 게 나에게는 불가능
해 보였다. 나는 처음에는 우연을 꾸민 만남을 이어가
다가, 이어서 은밀하고 죄스러운 약속을 잡고, 몇 달
후 내가 떠날 때쯤에는 고삐 풀린 관계를 맺게 될 거
라고 상상했다. 우리 관계의 형태가 그렇게 되리라고
상상했다니, 많은 세월이 흐른 후에 다시 생각해 보니
참 희한하다. 내 욕망과 꿈에 따라 마구 주물러대지 않
고서야! 불꽃이 거기에 갇히게 되리라는 것도, 많은 세
월이 지난 후에도 뜨겁게 남아 있던 재가 다시 내 가
슴을 태우리라는 것도 나는 예상할 수 없었다. 어떤 사
건이 우리의 소망에 따라 일어나는 건 얼마나 이상한
일인지! 내가 어릴 적에 해변에서 어떤 놀이를 아주 재
미있게 했던 기억이 난다. 지금 생각해 보면, 그 놀이

는 내 전 생애를 예시한 게 아닌가 하는 생각이 들기도 한다. 내가 해변의 모래에 작은 도랑을 팠는데, 그 도랑을 따라 갑자기 바닷물이 들이쳐 자갈로 지은 성과 진흙으로 쌓은 둑을 휩쓸어버렸다. 바닷물은 모든 걸 파괴하고 초토화시킨 다음에 물러갔다. 몹시 원통했지만, 나는 감히 불평을 늘어놓지 못했다. 왜냐하면 바닷물은 내 부름에 따라 달려왔을 뿐이니까. 사랑도 마찬가지다. 우리는 사랑에 신호를 보내고 길을 그린다. 그러면 우리가 생각했던 것과는 전혀 다른, 너무나 쓰라리고 차가운 파도가 우리의 가슴까지 밀려온다.

나는 그 남편의 집에서 엘렌을 만나려고 애썼다. 구실을 찾다가, 그녀의 정원에 새빨갛고 원기 왕성한 멋진 장미, 줄기가 아주 길고 가시가 쇠처럼 날카롭고 딱딱한 장미, 향기는 거의 나지 않지만 건장하고 친근한 모습, 아름다운 마을 처녀의 뺨처럼 육감적이고 눈부신 뭔가를 지닌 장미가 자란다는 사실을 떠올렸다.

나는 이야기를 지어냈다. 어머니에게 깜짝 선물을 하기 위해 그것과 비슷한 장미 나무를 도시에 주문하고 싶다고 하기로. 나는 그 꽃들의 정확한 이름을 물어볼 요량으로 엘렌의 집으로 들어갔다.

그녀가 나를 맞아주었다. 그녀는 눈부신 태양 아래 맨머리 차림으로 손에는 전지용 가위를 쥐고 있었다. 나는 그런 모습의 그녀를 몇 번이나 봤던가! 지금도 그녀는 복숭아나무 같은 야생의 아름다움을, 공기와 태양이 황금빛으로 물들여 놓은, 화장이라고는 모르는 섬세한 피부 결을 지니고 있다.

그녀는 남편이 아프다고 말했다. 그러니까 그가 그

녀 곁을 떠나기 전에 2년 내내 앓아야 했던 기나긴 투병 생활이 시작된 건 그때였다. 당시만 해도 젊은 아내에게 멋지게 보이고 싶었는지 그는 기침 발작이 시작되면 그녀를 자기 방에 못 들어오게 했다. 그것은 노인성 천식으로, 고통스러운 질식이 동반되었다. 병세가 악화돼 침대를 벗어날 수 없게 되자, 그는 그녀에게 늘 곁에 있어달라고 요구했다. 하지만 이 당시까지만 해도 그녀는 어쨌거나 아직은 벌 한 마리가 장미 다발 위를 붕붕거리며 날아다니는, 덧창들이 반쯤 닫힌 큰 거실로 나를 맞아들이고 나에게 그 장미의 이름을 알려줄 정도로 자유로웠다. 집안에서 신선한 밀랍, 라벤더, 커다란 냄비에서 익어가는 잼의 부드러운 향기가 풍겼던 기억이 난다.

나는 그녀에게 다시 만나고 싶으니 허락해 달라고 했다. 한 번, 두 번, 열 번 그녀를 다시 만났다. 나는 마을 입구에서, 일요일이면 성당 출구에서, 물가에서, 숲속에서, 그리고 나중에 콜레트가 살게 될 바로 그 물랭뇌프에서 그녀를 기다렸다. 엘렌은 잊었겠지만, 당시는 아직 다시 짓지 않았을 때여서 물랭뇌프는 이름과는 달리[1] 강물이 요란하게 흐르는 소리에 둘러싸인 낡고 추레한 방앗간이었다. 그 낡은 담장, 우리는 제분업을 하던 세실의 어머니를 방문하러 쿠드레에 갈 때마다 그 낡은 담장을 따라 거닐었다. 엘렌을 만나 대화를 나누고 며칠 후, 세실의 어머니가 돌아가셨다. 지나칠 정도로 인색했던 그녀는 누가 그녀에게 싼값으로 넘

1 물랭뇌프(Moulin-Neuf)는 일반명사로는 새 방앗간이라는 뜻이다.

긴, 아직은 너무 어려서 마차를 몰 수 없는 말과 당최 떨어지려고 하질 않았다. 그런데 그 말이 성당에서 돌아오면서 그녀가 직접 몰던 마차를 구덩이에 빠트리고 말았다. 이 사고로 세실은 얼굴을 크게 다쳤고, 그녀의 어머니는 두개골이 깨져 그 자리에서 즉사했다. 세실은 쿠드레의 작은 소유지와 얼마 안 되는 연금을 유산으로 물려받았다. 그녀는 늘 사교성이 없고 소심했다. 그런데 얼굴에 남은 큼직한 상처가 그녀에게 그나마 남아 있던 자신감을 모조리 앗아가 버렸다. 그녀는 아무도 만나려고 하지 않았고, 늘 사람들이 자신을 비웃는다고 믿었다. 그녀는 몇 달 만에 내가 그녀의 말년에 알았던, 비쩍 마르고 다리를 절고 불안한 표정으로 늙은 새처럼 목을 끊임없이 좌우로 돌려대는 이상한 여자가 되어버렸다. 엘렌은 자주 쿠드레로 찾아가 세실을 만났다. 그 사실을 알고 있던 나는 거의 매일 이런저런 핑계를 대고 그 착한 세실의 집을 찾았다. 그러고는 엘렌을 숲 입구까지 배웅해 주었다.

어느 날, 내가 괘종시계를 흘낏거리며 그녀의 집에 좀 더 오래 머물 구실을 찾고 있는데, 세실이 나에게 말했다.

"오늘은 엘렌이 안 올 거예요."

나는 엘렌을 기다리는 게 아니라고 반박했다. 하지만…… 세실이 일어나서 방을 가로질렀다. 그러고는 손가락으로 조각이 새겨진 안락의자 등받이를 기계적으로 쓸어보며 먼지 자국이 남지 않는지 확인했다(그녀의 어머니는 모든 집안일을 그녀에게 맡기고 잠시도 쉬게 놔두질 않았다. 그래서 세실은 늘 불안한 표정으로 방 안을 돌아다니며 커튼을 정돈하고, 흐린 거울 위에 앉은 먼지를 입으로 불어 날리고, 꽃을 바로 세웠다. 그녀는 어둠 속에 웅크리고 앉아 감시하는 어머니를 찾기라도 하는 것처럼 쉬지 않고 고개를 이리저리 돌려댔다). 그녀가 떨리는 목소리로 내게 말했다.

"실베스트르 씨, 누가 날 보러 여기 온 적은 한 번도 없었어요……. 난 열일곱 살이 될 때까지 그런 생각을 해본 적이 없었어요. 그러다가 젊은 사람들이 초대받아서 왔죠. 어떤 사람들은 하녀를 보러 왔고, 또 어떤 사람들은 금발에다 예쁘게 생긴 정원사의 딸을 보러 왔어요. 엘렌이 컸을 때는 그녀를 보러 왔죠. 지금도 여전히 그래요. 난 놀랍지도 않아요. 하지만 난 사람들이 날 비웃는 게 싫어요. 그러니 그냥 엘렌이 보고 싶어서 왔다고 말하세요. 엘렌이 오는 날짜와 시간을 알려드릴게요."

세실이 마치 자신의 열정을 억누르는 투로 말했기 때문에 나는 마음이 아팠다.

"동생을 사랑하세요?" 내가 물었다.

"친동생도 아니에요. 나에게는 남이나 다름없지만 아주 어릴 적부터 알았죠. 그 아이를 사랑해요. 그래요, 사랑해요. 게다가 그 아이라고 나보다 더 행복하지도 않아요." 그녀는 은근한 만족감을 느끼며 말했다. 각자 자신의 불행을 짊어지고 사는 법이니까.

"내가 이러는 걸 그 아이도 알고 있을 거라고는 생각하지 마세요……. 혹시라도 내가 그 아이와 짜고 이런다고 상상하신다면……."

세실이 고개를 저으며 말했다.

"엘렌은 충실한 아이예요."

"정말요? 남편의 나이가 너무 많아서 충실을 바라는 것 자체가 잔인한 요구일 것 같은데요." 내가 뜨거운 어조로 말했다. "그녀는 스무 살이고, 그는 예순이 넘었어요. 그런 결합은 절망으로만 설명될 수 있어요."

"그게 설명되면 그나마 다행이죠. 엘렌이 전처 소실이라 우리 어머니는……."

"나도 알아요. 하지만 그런 조건에서 충실을 말할 수 있다고 생각하세요?"

세실이 나를 흘낏 쳐다보고는 말을 이었다.

"난 그 아이가 남편에게 충실하다고는 말하지 않았어요."

"예? 그럼 누구에게?"

"그 아이한테 직접 물어보세요."

세실은 또다시 불확실한 걸음으로 방 안을 돌아다니기 시작했다. 방에 갇힌 밤새처럼 가구에 몸을 부딪혀 가면서. 이제 와 생각해 보면, 그때 세실이 지은 표정을 떠올려보면, 브리지트의 이야기가 위험하고 불길한 빛으로 밝혀진다. 마치 그 노처녀의 영혼 자체가 나에게 모습을 드러내는 것 같다. 세실은 자신보다 더 많은 사랑을 받은 엘렌을 절대 용서할 수 없었다. 가난한 시골 여자를 보살펴 주었던 내 여자 친척 중 하나가 내 뱉은 잔혹한 말이 떠오른다. 내 친척은 그 여자에게 수시로 생활용품, 나막신, 과자, 그리고 아이들 장난감을 가져다주었는데, 어느 날 그 여자가 그녀만큼이나 가난하지만 착하고 잘생긴 남자와 재혼을 하기로 했다고-그녀는 전쟁 중에 남편을 잃었다-털어놓았다. 그러자 내 친척은 곧바로 그 여자 집에 발길을 끊었다. 얼마 후에 내 친척을 다시 만난 여자가 은근히 원망하자("이제는 절 잊으셨군요."), 내 친척은 냉랭한 말투로 이렇게 대답했다.

"가엾은 잔, 난 당신이 행복한 줄 모르고 있었어요."

엘렌이 절망적인 상태에 빠져 있다고 믿었을 때는 그녀의 명예, 나아가 목숨을 구해줬던 세실 쿠드레도 그녀의 행복만은 절대 용서할 수 없었다. 그것은 인간적이다.

불안에 빠진 내가 애원하듯 물었다.

"그게 무슨 뜻입니까?"

하지만 그녀는 늙은 올빼미처럼 내 앞에서 어두운 날개를 흔들기만 했다. 그녀는 여전히 어머니의 상을 치르고 있었다. 크레이프 베일이 그녀의 얼굴 주변에서 흩날렸다. 나는 그 어느 때보다 더 격렬한 사랑에 빠진 채 쿠드레를 떠났다. 아직은 엘렌 앞에서 날 붙들어 주었던 일종의 거리두기가 무너졌고, 나는 그녀에게 구애하기 시작했다……. 오, 당시에는 얼마나 조심스럽고 점잖았는지. 오늘날의 젊은이들처럼 단도직입적으로 사랑을 고백하는 일은 결코 없었다. 마르크 오네 같은 친구는 아마 비웃었을 것이다. 하지만 실상은 늘 같은 것이고, 늘 같은 욕망…… 늘 으르렁거리며 모든 걸 집어삼키는 사랑의 격류다. 엘렌은 슬프고 심각한 표정으로 내 말을 듣고는 말했다.

"세실의 말은 거짓이 아니에요. 나에게는 사랑하는 사람이 있어요."

엘렌은 나에게 프랑수아를 어떻게 만났는지, 그가

어린아이나 다름없는 그녀를 어떻게 사랑했는지, 그가 어떻게 떠났는지, 자신의 삶이 얼마나 불행했는지, 그리고 끝으로 다시 돌아온 프랑수아가 그녀가 노인과 결혼한 것을 알고 어떻게 다시 떠났는지 자세히 얘기했다. 그들은 늙은 남편을 속이고 싶지 않았고, 그래서 헤어졌다!

"그래서 지금은 남편이 죽기를 기다리는 겁니까?" 내가 물었다.

그녀는 약간 창백해진 표정으로 고개를 저었다.

"그는 나보다 마흔 살이 더 많아요. 내가 그를 사랑한다고 주장한다면 우스꽝스러울 거예요. 하지만 난 그의 죽음을 바라지는 않아요. 난 최선을 다해 그를 보살피고 있어요. 그에게 나는……."

그녀가 잠시 망설이다 말을 이었다.

"친구이자, 딸이자, 간병인이자, 모든 것이에요. 하지만 여자는 아니에요. 그의 여자는 아니에요. 하지만 난 몸뿐만 아니라 영혼으로 그에게 충실하고 싶어요. 그래서 프랑수아와 헤어졌어요. 그는 해외에 있는 임지를 받아들였죠. 우리는 편지를 주고받지도 않아요. 난 여기서 의무를 다하고 있어요. 남편이 죽으면, 프랑수아는 몇 달 기다렸다가 돌아올 거예요. 모든 게 무리없이 이루어지겠죠. 우리는 어떠한 추문도 일으키고 싶지 않아요. 그는 돌아올 거고, 우리는 결혼할 거예요. 남편이 앞으로 몇 년을 더 산다고 해도 나로서는 어쩔 수 없어요. 내 젊음은 지나갈 거고, 행복의 모든 가능성도 사라지겠죠. 하지만 양심에 찔리는 건 아무것도 없을 거예요. 당신의 경우는……."

"내 경우는, 가능한 한 빨리 이곳을 떠나는 게 최선이겠죠." 내가 말했다.

엘렌은 이런 경우 여자들이 으레 말하는 모든 것을 반복했다. 그녀를 원망해서는 안 된다, 그녀가 먼저 유혹한 건 아니었다, 워낙 외롭다 보니 모든 우정이 그녀에게는 소중했다, 나는 그녀의 친구로 남을 것이다……. 나는 그녀가 다른 남자를 사랑하고 있다는 것, 오직 그것밖에 보지 못했다. 그래서 고통스러웠다. 순정은 그렇게 끝났다.

19

나는 2년간 머물 예정으로 아프리카로 돌아갔다. 그때가 1912년이었다. 그러고는 어머니가 돌아가셔서 전쟁이 발발하기 몇 달 전에 프랑스로 돌아왔다. 내 사촌 몽트리포는 여전히 살아 있었다. 나는 병문안 삼아 그를 방문했다. 그의 병세는 깊었고, 그가 죽음으로 고통을 끝내길 모두가 바랐다. 주사로 근근이 목숨을 이어가고 있었으니까. 그는 견딜 수 없을 정도로 까탈을 부렸고, 걸핏하면 미친 듯이 화를 냈다.

"못 견디게 아프니까 주변 사람을 괴롭히는 거야." 사람들은 말했다.

모두가 입을 모아 엘렌의 헌신을 칭찬했다.

"하지만 그녀도 힘들어서 오래 못 버틸 거야." 시골 여자들이 수군거렸다. 그들은 엘렌을 가여워하는 동시에 유산을 떠올리며 부러워했다.

하지만 나는 사람들이 모르는 걸 알고 있었다. 몽트리포 영감은 젊은 아내에게는 유산 중 아주 작은 몫만 남겼다. 나머지는 형제의 가족에게 돌아갔다. 엘렌도 그 사실을 알고 있었지만 그녀는 물욕이 전혀 없는, 무욕과 일체를 이루는 그런 여자 중 하나였다(아직도 그렇다). 엘렌이 개인적인 이해에 따라 행동할 수 있다면 지금의 엘렌으로 남지 못했을 것이다. 프랑수아 역시 이러한 성격을 갖고 있다. 따라서 엘렌은 자신의 헌신에 어떠한 보상도 따르지 않으리라는 걸 잘 알고 있었고, 그녀가 헌신을 극한까지 밀고 갈 수 있었던 것도 그 때문이었다. 그녀에게는 자긍심을 지키려는 큰 욕구가 있었다.

그녀가 나에게 말했다.

"어쨌거나 그는 나에게 잘해줬어요."

몽트리포 영감은 기운을 모조리 앗아가는 천식 발작으로 고통스러워하고 있었다. 하지만 내가 그를 만났을 때, 그는 무엇보다 잠을 자지 못해 미치겠다고 투덜거렸다. 그는 옛날식으로 머리에 끈을 묶고 침대에 앉아 있었다(그 침실은 이미 오래전부터 거실로 변해 있었다). 그의 모습은 무시무시하고 기괴했다. 뾰족하고 커다란 코의 그림자가 벽에 비쳤다. 작은 등이 그의 침대 머리맡에 켜져 있었다. 그의 목소리는 숨결에 불과했다.

그가 나에게 두 달 전부터 한숨도 못 잤다고 말했다. 나는 그를 다독이기 위해 그 나이 때는 오래 자지 않아도 잘 지낼 수 있다고, 내 어머니가 자주 비몽사몽의 상태에 빠지지 않았다면 더 오래 살 수도 있었을 거라고, 그 상태에서 피가 천천히 뇌를 점령하는 바람에 결국 돌아가셨다고 말해주었다.

"그래, 그렇긴 하지. 하지만 생각을 해보게⋯⋯. 두 달 동안 한숨도 못 자는 건 끔찍하다네⋯⋯. 삶을 두 배로 불려 놓거든."

내가 소리쳤다.

"그걸 불평이라고 하시다뇨! 저는 열 배로 살아도 충분치 않을 것 같아요."

사실이 그랬다. 당시 나는 내가 백 살까지라도 살 만큼 튼튼하다고 느꼈다.

나는 이렇게 말하며 엘렌을 쳐다보았다.

엘렌이 한숨을 내쉬었다. 그 무의식적인 한숨은 많은 것을 암시했다. 그녀는 2년 사이에 무척 초췌해져 있었다. 병든 남편의 곁을 지키느라 운동을 하지도 바깥바람을 쐬지도 못했으니 당연한 일이었다. 나와 재회했을 때, 그녀는 평소처럼 웃으며 차분한 태도를 보였다. 하지만 내 손을 잡을 때, 나에게 틀에 박힌 환영의 말을 할 때, 그녀의 목소리가 그녀를 드러냈다. 그녀가 건네는 상냥하고 모호한 말들 속에 갑자기 어떤 균열이, 구멍이 생겼다. 목소리 음색이 갑자기, 그리고 깊게 변질되었다. 마치 피가 급격하게 심장으로 몰려드는 것처럼. 나도 그녀에게 대답하면서 내 목소리에서 똑같은 균열을 들었다. 우리는 병자 옆에 서서 서로를 바라보았다. 나는 승리감을 감추지 못하면서, 그녀는 몹시 당황스러워하면서. 그리고 그 한숨⋯⋯! 그 한숨은 그녀도 내 심정을 이해한다는 것을, 내 자유를 부러워한다는 것을, 그녀 역시 사정만 허락한다면 열 번의 삶이라도 모조리 소진하길 바랄 수도 있었다는 걸 의미했다. 하지만 그녀는 그 나날을, 달아나는 세월을,

잃어버린 시간을 보고 있었다.

엘렌이 날 문까지 배웅해 주었을 때, 나는 프랑수아에게 소식은 있었냐고 물었다. 그녀는 죽어가는 남편의 침대를 향해 불안한 눈길을 던졌다.

"그는 절대 나에게 편지를 안 보내요."

"약속은 여전히 유효한가요?"

"여전히. 프랑수아는 변하지 않아요."

지금에 와서는 그녀의 말이 얼마나 옳았는지 의문이 든다. 프랑수아는 보헤미아의 작은 도시에서 그 뜨겁고 아름다운 봄날에 뭘 했을까? 그 삶의 무대 안쪽에는 어떤 어여쁜 시골 처녀, 어떤 싱그러운 하녀가 있지 않았을까? 어쨌거나 우리 셋은 모두 청춘이었다. 육체의 욕망만을 말하는 것이 아니다. 그렇다, 그건 그렇게 단순하지 않다. 육체의 욕망은 헐값으로도 채워진다. 도무지 채워지지 않는 마음, 사랑하고 절망하고 어떤 불로든 타오르길 갈망하는 마음이 문제다. 우리가 원했던 건 그것이었다. 타오르는 것, 우리 자신을 불사르는 것, 불이 숲을 집어삼키듯 우리의 나날을 집어삼키는 것.

1914년의 봄, 봄 중에서도 가장 아름다운 저녁나절이었다. 우리 뒤로 문이 열려 있었다. 우리는 벽에 비친 날카롭고 커다란 코의 그림자를 보았다. 우리는 그 후로 엘렌이 수도 없이 치마에 아이들을 매단 채 나를 맞으러 왔던 그 하얀 복도에 서 있었다. 그녀는 다정하고 차분한 목소리로 나에게 말하곤 했다.

"당신이군요, 내 사촌 실비오. 들어오세요. 달걀과 갈비가 하나씩 남아 있는데, 식사하고 갈래요?"

내 사촌 실비오……. 그날 저녁 그녀는 날 그렇게 부르지 않았다. 그녀는 그냥 이렇게 말했다.

"실비오(낱말 자체가 하나의 애무였다), 이번에는 고향에 오래 머무를 건가요?"

나는 대답하지 않고 병자의 그림자를 가리키며 물었다.

"많이 힘들어요?"

그녀가 움찔했다.

"그래요, 많이 힘들어요. 하지만 동정을 받고 싶지는 않아요."

내가 잔인하게 몰아붙였다.

"하지만 그는 곧 죽을 거고, 프랑수아가 돌아올 겁니다."

"그래요, 돌아오겠죠. 하지만 떠나지 않는 게 나았을 거예요."

"여전히 그를 사랑하세요?"

그녀와 나, 우리는 기계적으로 말하고 있었다. 우리의 입술이 움직였다. 하지만 우리의 입술은 거짓말을 하고 있었다. 우리의 눈만이 서로에게 묻고, 서로를 알아보았다. 하지만 내가 그녀를 안았을 때, 그때서야 우리의 입술은 마침내 솔직해졌다.

나는 그 순간을 결코 잊지 못할 것이다. 내가 하얗게 칠을 한 벽에서 하나가 된 우리 머리의 그림자를 본 것은 그때였다. 사방에 전등과 흐릿한 야등夜燈들이 켜져 있었다. 그 헐벗은 복도 곳곳으로 그림자들이 춤추고 흔들리며 멀어져 갔다.

"엘렌, 엘렌……." 병자가 불러댔다.

우리는 움직이지 않았다. 그녀는 내 심장을 마시고 빨아들이는 것 같았다. 그녀를 병자 곁으로 돌아가게 놔줬을 때 이미, 나는 그녀를 덜 사랑하기 시작했다.

역자 후기

이렌 네미롭스키는 1903년 우크라이나 키이우의 부유한 유대인 집안에서 태어났다. 1917년 러시아에서 볼셰비키 혁명이 일어나고 영향력 있는 금융가 인물이었던 아버지의 목에 현상금이 걸리자 핀란드와 스웨덴 등지를 떠돌며 도피 생활을 했다. 그러다가 마침내 파리에 정착해 대학에서 문학을 전공하고 1929년에 『다비드 골더』를 발표해 비평계의 호평을 받으며 촉망받는 젊은 작가로 활발하게 활동한다. 하지만 이 꿈같은 시절은 십 년도 채 지나지 않아 악몽으로 변하고 만다. 2차 대전이 발발하고 파리가 독일군에게 점령되자 유대인이었던 그녀는 더는 자신의 이름으로 책을 출간할 수 없게 되고, 은행에서 일하던 남편 미셸 엡슈타인은 직장을 잃고 만다. 1940년 5월, 박해와 생활고에 시달리던("불안, 슬픔, 안정을 얻고 싶은 미친 듯한 욕망…….") 그녀는 어린 두 딸을 데리고 프랑스 중부 부르고뉴 지방의 이시 레베크라는 마을로 내려간다. 피신 생활의

와중에도 소설가의 관찰력과 상상력은 여전히 날이 서 있다. 그녀는 두 딸과 묵은 '호텔 데 부아야죄르'(소설에 등장하는 바로 그 호텔)에서 "가슴을 행복으로 부풀어 오르게 하는 생생하고 떫은 시골 냄새"를 맡으며, 1937년 12월 6일 자 메모에 남긴 새로운 글감("정작 자신들은 젊은 시절에 불륜을 저지르고도 자식들의 '뜨거운 피'를 이해하지 못하는 부모 세대.")을 구체화해 줄 인물들의 유형을 찾기 위해 "각자 자기 집, 자기 땅에서 살아가고, 이웃을 경계하고, 밀을 수확하고, 돈을 셀 뿐, 나머지에 대해서는 전혀 상관하지 않는 비사교적이고 풍족한" 마을 사람들을 메스처럼 날카로운 자연주의자의 시선으로 관찰한다. 소설 『뜨거운 피』는 이렇게 탄생한다. 1941년 여름에 시작해 1942년에 탈고한 것으로 보이는 이 소설은 오랫동안 초반부만 남아 있었다. 이렌 네미롭스키는 소설 원고를 탈고하면 습관처럼 남편 미셸 엡슈타인에게 타자기로 쳐달라고 부탁했는데, 1942년 7월 13일 이렌이 프랑스 경찰에 체포되어 강제수용소로 압송되자 미셸이 그 일을 중단하고 말았기 때문으로 보인다. 그런데 다행스럽게도 이렌이 소설 초안과 원고들을 따로 보관해두었고, 60여 년이 지난 2005년 이 초안과 원고들이 돌고 돌아 현대 출판물 연구소(IMEC) 고문서 센터에서 발견됨으로써 이 소설의 나머지 부분도 복원되어 세상에 나올 수 있었다. 이렌 네미롭스키는 나치 강제수용소에 도착하자마자 단 2주 만에 죽음을 맞았다.

『뜨거운 피』는 처음에는 치정 범죄를 다룬 다소 산

만한 추리소설처럼 읽힌다. 작가가 머물렀던 이시 레베크에서 실제로 1킬로미터 남짓 떨어진 물랭뇌프에서 신혼생활을 하던 젊은 방앗간 주인이 방앗간 아래 흐르는 강에 빠져 사망하는 사건이 일어난다. 실족사? 살인? 그렇다면 범인은? 하지만 이야기가 전개되면서 점차 드러나는 건 범인의 정체가 아니다. 범인의 정체는 사건이 일어난 순간부터 알만한 사람은 다 알고, 마을 사람 모두가 짐작한다(유령처럼 마을을 떠도는 화자와 동행하는 독자들 역시!). 다만, 저마다의 이유로, 혹은 "자신과 상관없는 일에 엮이기 싫어서" 입을 열지 않을 뿐이다. 흐릿한 안개가 걷히고 어둠이 서서히 눈에 익으면 암시와 폭로를 통해 소설 속 인물들에게, 그리고 독자들에게 드러나는 것은 따로 있다. 그것은 잠에 취해 졸고 있는 평화로운 마을, 띄엄띄엄 서 있는 컴컴한 집들 속에 감춰져 있는 비밀스러운 삶, 유전자처럼 부모에서 자식으로 전해지며 "몇 달 만에, 몇 년 만에, 가끔은 불과 몇 시간 만에 모든 걸 집어삼키고 꺼져버리는" 뜨거운 피의 가족사다. 뜨거운 피, 도덕적 결심을 무너뜨리고 한숨 섞인 체념을 비웃는 욕망의 수수께끼, 한순간에 삶을 뒤흔들어놓는 그 붉은 와인은 흔히 말하는 살의 욕망은 아니다. 살의 욕망은 헐값으로도 채워지니까. 아니, 그것은 순식간에 타올라 모든 것을 태워버리는 불이다.

　"도무지 채워지지 않는 마음, 사랑하고 절망하고 어떤 불로든 타오르길 갈망하는 마음이 문제다. 우리가 원했던 건 그것이었다. 타오르

는 것, 우리 자신을 불사르는 것, 불이 숲을 집
어삼키듯 우리의 나날을 집어삼키는 것."

　이 불은 이렌 네미롭스키의 작품 세계를 관통하면
서 개를 늑대로, 고아를 살인자로, 여자아이를 여인으
로 변모시킨다. 늙은 삼촌들의 잠든 심장을 다시 뛰게
하고, 금슬 좋은 부부를 갈라놓고, 자족하는 일상의 흐
름을 깨뜨린다. 피의 열기가 식고 나면 어떤 이는(우
리 대부분) 그 불에 타버린 것들을 헤아리며 "그건 미망
에 빠진 한순간, 광기에 휘둘린 몇 주였어"라고 한탄한
다. 하지만 돌아온 탕아, 외지를 떠돌며 가산을 탕진하
고 고향으로 돌아와 은둔생활을 하는 화자는 식어버린
잿더미 아래 남은 불씨가 다시 이글거리듯 처절한 목
소리로 항변한다. 어째서 오래 지속되는 게 한순간에
타버리는 것보다 나으냐고. "우리의 피에 불을 지르고
우리의 삶을 망가뜨린 다음 훌쩍 가버리는, 날개 달리
고 눈부시게 찬란한 낯선 이"를 되살리고 싶다고. 부모
의 부르주아적 근성을 혐오했던 이렌 네미롭스키의 소
설에는 늘 '날것 그대로의 삶'을 갈구하는 야성의 목소
리, 우리의 이성이 단호하게 유죄를 선고하는 그런 순
간을 옹호하는 항변의 목소리가 울려 퍼진다. 우리의
삶이 치명적인 위협을 받을 때, 균열 속에서, 고통 속
에서, 오히려 우리는 진정 '살아 있다' 느끼게 된다고,
우리의 삶이 뜨거운 피의 담금질로 벼려진다고 말하고
있는 것은 아닐까?

Chaleur du sang

뜨거운 피

초판 인쇄	2023. 2. 15.
초판 발행	2022. 2. 22.
저자	이렌 네미롭스키
역자	이상해
발행인	이재희
출판사	빛소굴
출판 등록	제251002021000011호(2021. 1. 19.)
팩스	0504-011-3094
ISBN	979-11-980885-0-5(03860)
이메일	bitsogul@gmail.com
SNS	www.instagram.com/bitsogul
홈페이지	www.bitsogul.com